KB262572

東廂記

한문희곡

東廂記

연구/번역/원문

여 세 주

푸른사상

머리말

고전소설을 연구하다가, 전공을 바꾸어 희곡에 관심을 가지기 시작한 지도 어언 10년이 다 되었다. 한국 희곡 읽기를 시작하면서 가장 먼저 만난 작품이 〈동상기〉이다. 이 작품을 한국 희곡 읽기의 출발점으로 삼은 이유는, 이 작품이 한국 최초의 기록희곡이기 때문이다.

그러나 〈동상기〉를 읽어내는 일은 결코 쉽지 않았다. 순수한 한문으로만 표기되지 않고, 이두식 우리말들이 상당히 많이 포함되어 있었기 때문에 더욱 독해하기가 어려웠다. 다른 이들이 번역해 놓은 글과 원문을 함께 읽어도 이해되지 않는 구절들이 수없이 독서를 가로막았다. 그래서 새로 번역을 하면서 읽어나가기로 작정하고, 읽으면서 제기되는 의문들을 해명하는 연구를 병행하였다. 짬나는 대로 작품을 읽고, 읽으면서 제기되는 의문들을 미천한 재주로 해명해 나가다가 보니, 너무 오랜 시간을 지체한 후에야 그 결과가 비로소 한 권의 책으로 빛을 보게 되었다.

〈동상기〉는 1791년 이덕무에 의해 한문으로 창작된, 한국 최초의 기록회곡이다. 그러므로 〈동상기〉의 출현은 한국희곡문학사에서 매우 소중하게 다루어야 할 문제이다. 중국의 극양식을 수용하고 변용하여 새로운 희곡쓰기를 시도했다는 점에서도 문학사적으로 주목할 만하기 때문이다.

이 책은 모두 3부로 구성하였다. 제1부에서는 〈동상기〉 연구를, 제2부에서는 〈동상기〉 번역을, 제3부에서는 〈동상기〉 이본 4편을 영인하여 엮었다.

제1부 〈동상기〉 연구는 이 작품의 창작 과정을 해명하는 데에 주안점을 두고 이루어졌다. 제1장에서는, 18세기 말에 실재했던 동일한 사건이 전과 희곡으로 작품화되었다는 사실에 주목하고 장르를 달리하는 〈김신부부전〉과 〈동상기〉의 상호대화성을 천착해 보았다. 인물 설정 및 사건 진술에 있어서 두 작품의 긴밀한 대칭성, 창작 의도의 동일성을 밝혀냄으로써, 동일한 제재를 다루되 장르를 달리하는 두 텍스트는 상호 패러디적 관계를 지니고 있음을 알 수 있었다. 두 작품의 이러한 상호대화성과 몇 가지 실증적 정황을 통해 볼 때, 〈동상기〉의 작가는 이덕무일 것이라는 사실도 드러나게 되었다. 〈김신부부전〉과 〈동상기〉는 이덕무의 철저히 계산된 설계를 통해 거의 동시에 창작된 작품이라는 사실을 발견하고 있다. 제2장에서는 〈동상기〉의 중국 희곡 수용과 변용 방식을 살피고자 하였다. 〈동상기〉는 형식, 극중인물, 희곡어 등 양식적 체제에서 원나라 북방의 잡극과 남방의 희문, 그리고 청나라의 전기 등 여러 희곡 양식을 두루 수용하여 씌어졌다. 그러나 희곡적 언어의 활용에서는 중국희곡과는 다른 독특성을 보여주고 있는데, 창보다는 대화를 많이 활용하고, 서사적 보고 형태의 사설을 특히 많이 활용하고 있었다. 더구나 악곡 편성에서는 중국 희곡이 지닌 단조로움에서 벗어나 극의 분위기에 맞춘 독자적인 악곡 편성을 시도하고 있어서 주목된다. 〈동상기〉 작가 이덕

무의 이러한 독창성은 작품의 내용에서 더욱 잘 드러난다. 〈서상기〉의 탈유교적인 내용을 비판적인 태도로 바라보면서 이와는 상반된 성격을 지닌 내용으로 패러디하고 있기 때문이다.

제2부는 〈동상기〉 번역이다. 원본에는 〈김신부부전〉과 〈동상기〉가 합철되어 있어서, 이들을 모두 번역하였다. 이 작품은 한문으로 표기되어 있다지만, 우리말식 어휘들을 매우 많이 섞어 놓고 있어서 번역하기에 까다로운 부분이 많다. 작품의 번역이 여기에서 처음으로 시도되는 것은 아니다. 이미 무천극예술학회(최초의 한문희곡 동상기─해설, 번역, 원문자료)와 조만호(〈동상기〉 역주)에 의해 거듭되는 번역작업이 이루어졌었다. 이 책에서의 새로운 번역은 솔직히 이들의 힘겨운 노고에 힘입은 바 크다. 그러나 앞서서 이루어진 두 번역작업에 오류가 적지 않고 해결하지 못한 부분들이 상당하므로, 보완하여 새로 번역해야 할 필요성이 절실히 제기되었다. 뿐만 아니라, 앞선 두 번역이 구활자본으로 출간된 『東廂記纂』을 대상으로 삼았으나, 이 책에서는 가장 앞선 이본으로 추정되는 한국정신문화연구원 소장의 『東廂奇書』를 번역 대상으로 삼았으므로, 새로운 의의를 지닐 수 있을 것이다. 그럼에도 불구하고, 이 책에서의 번역도 아직 해결하지 못한 채로 남겨둔 부분이 없지 않다.

제3부에서는 현재까지 알려진 총4편의 이본 자료를 영인하여 모두 실었다. 한국정신문화연구원 소장의 해서체 한문필사본 『東廂奇書』, 국립중앙도서관 소장 반흘림체 한문필사본 『東廂記』, 한남서림에서 한글토를 달아 간행한 구활자본 『東廂記纂』, 그리고 무천극예술학회에서 출판한 책에서는 빠뜨린 서울대학교 규장각 소장 가람본 『청구야담』에 실려 있는 한문 필사본 〈東床記〉를 순서대로 엮었다.

 한문으로 씌어진 한국 최초의 기록희곡 〈동상기〉는 그 소중한 가
치에 비해 많이 연구되지 않았다. 이 책에 실은 원본 자료와 번역, 그
리고 연구가 후학들의 연구에 밑거름이 되기를 바란다.
 끝으로 상품가치가 없는 전공 연구서를 기꺼이 책으로 엮어 준 '도
서출판 푸른사상'의 한봉숙 대표님을 비롯하여, 편집에 참여한 관계
자 여러분께 진심으로 감사드린다.

2005년 늦가을 선도산 기슭 志軒書舍에서
여세주

차 례

제1부 〈동상기〉 연구

제2부 〈동상기〉 번역

제3부 〈동상기〉 원문

○ 정신문화연구원본 <東廂奇書>
○ 국립중앙도서관본 <東廂記>
○ 한남서림본 <東廂記纂>
○ 서울대도서관 가람문고본 <東床記>

제1부

〈동상기〉 연구

Ⅰ. 〈東廂記〉와 〈金申夫婦傳〉의 상호대화성

1. 서 론

〈동상기〉는 한문희곡으로 한국 최초의 기록희곡이다. 이 작품은 이덕무의 〈김신부부전〉과 함께 실재했던 동일한 사건을 제재로 삼아 창작된 작품이다. 1791년에 정조는 경성 5부에 칙령을 내려 과년토록 혼인하지 못하는 백성들의 혼인을 조정에서 주선하고 혼수를 보조토록 하였는데, 그렇게 하여 혼인시킨 사람들 중에서 특히 가난하기 때문에 파혼을 당한 신덕빈의 딸과 김희집의 결혼을 호조판서 조정진과 선혜제조 이병모에게 특명하여 주선한 사실[1]을 제재로 삼고 있다.

이러한 실재한 사건이 두 작품의 공유된 제재이지만, 그 전달 방법에 있어서는 각기 다른 형태의 담론을 지향한다. 傳과 戲曲으로 두

작품의 형식적 갈래가 다른 것이다. 〈김신부부전〉은 대상 인물의 출생과 성명 등 人定 記述에 해당하는 '서두부', 일화를 기술한 '전개부', 작가의 주관적인 논평에 해당하는 '논찬부'로 짜여진 정통의 전형식[2]이고, 〈동상기〉는 白과 唱으로 일컫는 대사와 科라고 하는 지문으로 구성되어 있는 희곡이다.

이 글은 동일한 사건을 다룬 두 작품의 같고 다른 점을 살펴 그 상호관계를 밝혀보는 데에 목적을 둔다. 즉, 장르적 차원에서 동일한 제재를 어떻게 轉用하고 있는가에 주된 관심을 두고자 한다.

이를 위해 텍스트에 대한 이해에서부터 출발할 것이다. 두 텍스트의 異本에 대한 검토를 통하여 最先本 내지는 원본이 어느 것인가를 추정해 보고, 논란이 되고 있는 작가의 문제를 천착해 보고자 하는 것이 첫 번째 과제이다. 그리고 같은 제재를 전과 희곡에서 각기 어떤 위치와 어떤 입장에서 다루고 바라보느냐의 문제에 주목할 것이다. 말하자면, 인물설정·사건다루기·창작의도의 상이성과 유사성을 살펴봄으로써 장르를 달리하는 두 텍스트의 상호관계적 거리를 밝혀 보고자 한다. 이러한 과정을 통해서 전 작가로서의 저자와 희곡 작가로서의 저자가 지닌 창조적 상상력이나 장르의식을 확인할 수 있고, 두 텍스트의 상호작용 내지 상호대화성[3]

---

2) 立傳 동기가 전개부 중간에 끼어져 있다거나 전개부의 내용이 입전인물의 행적중심이 아니라는 점에서 다소 융통성있는 형식을 취하고는 있지만, 그 형식 유형은 이렇다고 할 수 있다. 李東根은 전의 최대형식으로 "도입부(창작동기, 입전의도, 내용소개)—서두부(출생, 성명, 先系, 官閥 등 人定記述)—전개부(출세, 성공, 업적, 송덕, 일화 등 행적 사항)—결말부(죽음, 妻子孫錄, 사후평가)—논찬부"의 5단구성을 제시하고 있다. 『朝鮮後期 〈傳〉文學硏究』(태학사, 1991), 17쪽 참조.

3) Linda Hutcheon, 『패러디 이론』(김상구·윤여복 옮김, 문예출판사, 1995), 63쪽에서 빌려온 말이다.

이 드러날 것이기 때문이다. 텍스트에 대한 이러한 검증은 불확정 상태로 남아있는 〈동상기〉의 작가를 확정하는 데 있어서 매우 의미 있는 작업이 될 수 있다고 생각된다.

2. 텍스트에 대한 예비적 이해

2.1. 異本

〈김신부부전〉과 〈동상기〉는 모든 이본에 합철되어 있다. 현재까지 알려진 바로 네 편의 이본이 전해지고 있는데, 모두 한문본이다. ①한국정신문화연구원 소장의 해서체 한문필사본 〈東廂奇書〉, ②국립중앙도서관 소장 반흘림체 한문필사본 〈東廂記〉, ③翰南書林에서 吐를 달아 간행한 구활자본 〈東廂記纂〉, ④서울대학교 규장각 소장 가람본『청구야담』에 실려 있는 한문 필사본 〈東床記〉가 그것이다.

이들 네 이본은 모두 작품의 서문에 해당하는 題辭가 붙어 있다. 전의 제목은 모두 같으나, 합본한 책의 표제나 희곡 작품의 제목은 다른 경우도 있어서 주목된다. 비교하기 쉽도록 도표화하면 다음과 같다.

이본명	책 표제	전 표제	머리말 표제	희곡 표제
정문연본	東廂奇書	金申夫婦傳	賜婚記題辭	金申夫婦賜婚記
국도본	東廂記	金申夫婦傳	金申賜婚記題辭	東廂記
한남서림본	東廂記纂	金申夫婦傳	金申賜婚記題辭	東廂記
가람본	—	金申夫婦傳	東床小識	東床記

한국정신문화연구원본(약칭 정문연본)은 책 표제를 '東廂奇書'로, 희곡 표제를 '金申夫婦賜婚記'로 이름한 것이 특징이다. 국립중앙도서관본(약칭 국도본)은 겉표지에 '而也其 單'이라고 적어 놓고 오른쪽에 다시 '愁城誌 東廂記'라고 나란히 적어, 두 작품을 함께 묶어놓은 이야기책임을 밝혀 놓았다. 그리고 정문연본과는 달리 작품명을 '東廂記'라고 했다. 한남서림본은 한문 원본에 한글로 현토한 구활자본으로 白斗鏞 建七이 1918년 편찬한 것이며 표지에는 '東廂記纂'으로 되어 있다. 가람본은 근대의 원고용지에 필사한 것으로 보아 필사 연대가 오래지 않은 이본임을 알 수 있다. 작품 제목은 '東床記'라고 적었으며, 작품의 머리말과 전의 순서를 여느 이본과는 다르게 바꾸어 놓았다. 머리말 앞에 '青玉堂第七才子書'라고 적은 것은 필사자가 金聖歎의 〈第六才子書 待月西廂記〉를 흉내낸 듯하다. 그리고 가람본에는 전의 제목 아래 '雅亭 李德懋 懋官 著'라고 적어 전의 작자를 밝힌 대신에, "李德懋曰 ……"로 시작되는 전의 논찬부가 삭제되어 있다. 전의 제목 아래에 이덕무의 『雅亭遺稿』에 실린 〈김신부부전〉처럼 "辛亥六月. 飭過時未婚. 仍有金申兩家親事. 命紀其事. 載內閣日曆."이라는 내용을 붙여 놓은 것도 다른 이본과는 다른 점이다.

여기서 주목되는 것은 희곡작품명이 이본에 따라 다르다는 사실이다. 정문연본에는 『金申夫婦賜婚記』, 국도본과 한림서림본에는 〈東廂記〉, 그리고 가람본에는 〈東床記〉라고 되어 있다. 그러나 '동상기'라고 통칭하여 부르는 것이 무난할 것 같다. 정문연본의 경우 희곡작품명이 '김신부부사혼기'라고 되어 있지만 책 표제에는 '東廂'이라는 말이 있어서 '동상기'라고 해도 문제가 되지 않으며, 가람본의 '東床'과 다른 본의 '東廂'은 같은 의미로 사용되고 있기 때문이다. 원래

東床은 '동쪽의 평상'이고 東廂은 '동쪽에 있는 곁채'라는 뜻으로, 모두 신혼방을 의미한다. 또한, 이 두 단어 모두 '남의 사위를 높이어 일컫는 말'로 사용되기도 한다.4) 그런데 어떤 뜻이건 상관할 바 없이 이 두 단어를 혼용하고 있다. 즉, 한남서림본을 제외한 모든 이본의 正目에서는 작품명에 상관없이 모두 신혼방이라는 뜻으로 東床이라는 한자어를 쓰고 있는 것이다. 이 작품의 제4절이 신부집에서 신부를 맞으러 간 신랑을 매다는 의식 장면인데, 이런 풍속을 '동상례'(東廂禮・東床禮)라고 하는 데서도 이들이 같은 뜻으로 쓰이고 있음을 알 수 있다. 그러니 작품명을 한문으로 '東廂'이나 '東床', 그 어느 것으로 표기해도 무방하며, 신혼방을 의미하는 말이다. 그러나 '東廂'이라고 한 제목의 빈도가 더 많고 이 제목이 원 잡극의 하나인 <西廂記>를 패러디한 것임을 감안할 때, <東廂記>라고 통칭함이 좋을 것이다.

이본은 앞으로 더 발견될 가능성이 있다. 그러므로 原本 내지 先行 異本을 가려내는 일은 시기상조의 문제일 수 있다. 이본의 선후관계를 판가름하게 하는 이본간의 변별적 차이도 두드러지게 드러나지 않는다. 문장 서술상 다소의 드나듦은 있으나 字句를 補正하는 정도의 차이가 보일 뿐, 작품의 구조나 의미상의 변별성은 없는 듯하다.

다만 주목되는 것은 작가에 대한 기록이다. 정문연본에는 題辭의 마지막에 "梅花癡儂題"라고만 적고 희곡 작품명 아래 따로 작가명을 명기하지 않고 있다. 이에 비해, 국도본에는 제사 마지막에 "梅花㟁癡儂題"라고 적고, 연이어 희곡 작품 제목 아래 "汶陽散人弄題"라고 하여 작가의 별호를 또 하나 더 명기해 놓았다. 구활자 인쇄본인 한남서림 간행본도 국도본과 같다. 그런데 가람본에는 희곡작품 제목

---

4) 신기철・신인철, 『새 우리말 큰사전』, 삼성출판사, 1975.

아래 "完山 李鈺 著"라고 명기해 놓고 있어 주목된다.

〈동상기〉의 작가는 처음부터 자신의 이름을 밝히지 않으려고 했다. '제사'에 의하면 작가는 "지은이가 누구인지도 묻지 말았으면 한다."(勿問作者之爲誰某)라고 했던 것이다. 군이 자신의 이름을 밝히지 않으려고 한 사람이니, 제사 끄트머리에 "梅花癡儂題"라고만 밝혔을 뿐이다. 그런데도 국도본에서는 "汶陽散人弄題"라고 하여 '문양산인'이라는 또 하나의 별호를 희곡작품의 제목 아래 더 적어 놓고 있고, 가람본에서는 "完山 李鈺 著"라 하여 작가의 이름을 밝혀 놓고 있다.

군이 자신을 밝힐 의도가 없었던 작가가 '매화치농'이라는 호 외에 또 하나의 호를 덧붙인다거나 이름을 밝혔을 리는 없다. 그렇다면, 국도본에서 작품 제목 아래 지은이의 별호를 덧붙여 명기한 것은 '매화탕치농'이라고 自號한 사람이 어쩌면 '문양산인'이라는 호를 쓰는 사람임을 확인한 편찬자의 덧붙임이라고 여겨진다. 나아가서, 가람본의 편찬자는 이런 호를 가진 이가 곧 '완산 이옥'이라고 여기고 그 이름까지 분명히 밝힌 경우일 것이다.

따라서 네 이본의 관계를 군이 따져 볼 때 작가명을 따로 명기하지 않은 정신문화연구원본이 원본에 가까운 것이 아닐까 짐작된다. 원본을 추정하는 데 있어서 또 하나 주목할 것은 주인공의 이름이다. 『아정유고』 12권의 〈김신부부전〉[5]이나 다른 이본들에서는 주인공을 '金禧集'으로 표기하고 있는데 유독 정문연본에만 '金喜集'으로 표기하고 있다. 그리고 〈동상기〉 제2절의 표현 가운데 "爾雖以喜集原來是未集喜"라는 구절이 있는데, 이름을 '禧集'이라고 하기보다는 '喜

---

5) 민족문화추진회에서 발행한 『국역 청장관전서』 Ⅳ집(민족문화추진회, 1979)을 자료로 이용할 수 있다.

集'이라 해야 문맥상 더 정확한 표현이다.『정조실록』이나『승정원일기』에서도 '婜集'으로 되어 있다. 이처럼, 주인공 이름의 정확성의 문제도 원본 확정의 근거일 수 있다고 볼 때, 정문연본이 원본에 가장 가까운 이본임을 다시 확인할 수 있을 것이다.

2.2. 창작 연대와 작가

<김신부부전>과 <동상기>는, 혼기를 놓친 신덕빈의 딸과 김희집이 1791년 6월 12일 조정의 도움으로 성혼하게 된 사건을 제재로 삼았다.『정조실록』(正祖 15年 辛亥 二月, 六月)과『승정원일기』(第1691冊, 正祖 15年 辛亥 六月 望前, 六月 初2日, 12日)에 작품의 제재가 된 사건이 기록되어 있다. 정조 15년 신해 2월, 정조는 가난한 백성들이 제때에 혼인하지 못하는 것을 가련하게 여겨 경성 5부에 칙령을 내려서 혼인을 주선하게 하고 혼수를 관에서 보조토록 하였다. 그렇게 하여 혼인시킨 사람이 무려 281명이나 되었다. 그런데 里門洞에 사는 김희집은 광주 속달면에 사는 沈益祥의 딸과 정혼했는데 문벌이 맞지 않는다고 하여 退婚 당하였으며, 居平洞에 사는 申德彬의 庶女는 李遠喬의 아들과 정혼하고 7월 22일로 택일하였다가 역시 문벌이 맞지 않는다는 이유로 파혼당하였다. 그러자 조정에서는 戶曹判書 趙鼎鎭과 宣惠廳 提調 李秉模에게 특명하여 처지가 비슷한 이들의 혼인을 주관하도록 하고 그해 6월에 혼사를 시켰다고 한다.

정조는 그 사실을 내각의 글 잘 쓰는 신하로 하여금 傳으로 짓도록 하였는데, 이렇게 하여 李德懋가 지은 전이 <金申夫婦傳>이다. 이덕무가 임금의 명을 받아 전을 짓게 되었다는 기록은 여러 곳에서 확인할 수 있다.『정조대왕실록』 권32 신해 6월조에서 이러한 사실을 확

인할 수 있으며, 『아정유고』 12권에도 이 전과 함께 그러한 사실이 기록되어 있고, 『付刊本雅亭遺稿』 8권에 실려 있는 이규광의 <先考府君遺事>6)에도 적혀 있다. 즉, "신해년 여름, 상감께서 한성에 칙명을 내려 혼기가 지났으나 혼인하지 못한 이들을 보살피게 했는데, 이에 김씨와 신씨 두 사람의 혼인을 주선하고 혼구를 마련해 주라고 하였다. 또 상감께서 선친에게 이들의 전을 짓게 하였는데, 내각의 일력에 실려 있다."는 내용이 그것이다. 이들 기록들을 볼 때, 김희집과 신씨 처녀가 성혼한 것이 신해년(1791) 6월 12일이고, 이덕무(1741~1793)가 그들의 전을 지은 것도 그 해 6월이다.

<동상기>의 창작도 그 '題辭'에 따르면 같은 시기에 이루어졌음을 알 수 있다. '제사'에서 작가는 신해년 6월의 장마철에 이 작품을 창작했다고 하였다. 작품의 창작 연대와 동기를 밝히기 위해서 <동상기> '제사'를 모두 인용해 보기로 한다.7)

바쁨도 진실로 참기 어렵거니와 한가함도 또한 참기 어렵다. 지금 만약에 한 사람을 방에 가두고 눈으로는 보지 못하게 하고 귀로는 듣지 못하게 하며, 입으로는 말하지 못하게 하고 손발로는 일을 하지 못하게 한다면, 조급한 자는 서너 시간을 참지 못하고 끈기 있는 자도 사흘을 넘기지 못할 것이다. 그러므로 차라리 수삼 년 학질을 않을지언정 하루의 한가로움을 참기는 어려운 일이다. 한가로움이 나에게도 진실로 병이 되니, 다른 사람도 모두 그렇지 않겠는가.

신해년 유월, 무더운 장마인지라 사람들은 그 고통을 감당하지

---

6) 『청장관전서』 Ⅳ 집, 234쪽.
7) 한문으로 된 원문 제시의 필요성이 없을 경우, 이해를 돕기 위해서 앞으로의 작품 인용은 모두 번역하여 인용한다. 번역 대상은 정문연본으로 하였다.

못할 지경이었다. 과거공부를 하고자 하여도 창문을 짝하지 않으면 견디기 어렵고, 고문을 읽고 시를 짓고자 하여도 재주가 미치지 못할 뿐 아니라 흥도 또한 사라지고 말 것이다. 책을 읽고자 하나 졸음이 오고 잠을 자고자 하여도 수십 마리의 파리가 속눈썹을 핥고 코를 빨아서 할 수 없었다. 일어나 밖으로 나가려고 해도 비가 오고 땅이 질어서 나갈 수 없다. 이 어찌할 수 없는 형편 때문에 미치고 병이 날 지경이었다.

어린 종이 시장에서 돌아와 소문을 전하는데, 무척 신기하고 장하게 여길 만한 것이었다. 나의 한가함을 달랠 수 있겠다고 생각하여 붓을 들어 희곡 한 편을 지으니, 게으름이 달아나고 졸음도 달아나게 되었다. 초고를 쓰는 데 하루, 교정을 보는 데 하루, 그리고 정서하는 데 하루를 소일하여 모두 사흘 동안의 한가로움을 덜었다. 이 사흘 동안에는 비도 오지 않았고, 더위도 없었으며, 파리도 없어서 나에게는 소득이 많았다.

다행히 이 글을 보는 사람이 있거든 사건의 와전여부를 묻지 말고, 문장의 체제도 묻지 말 것이며, 지은이가 누구인지도 묻지 말았으면 한다. 다만, 한가로움을 더는 데에 소용된다면 반나절 정도의 도움은 될 것이다. 매화치농제

이 작품을 창작한 신해년은 정조 15년 1791년이다. 희곡 작품의 제재가 되고 있는 '김희집과 신씨 처녀의 혼인'이 1791년 신해의 6월 12일의 일이고, <동상기>는 작가가 무료함을 달래기 위하여 1791년 6월 28일에서 30일에 걸쳐 지은 작품이다.8)

---

8) 孫燦植은 이 작품을 쓴 3일 동안에는 비가 오지 않았다는 題辭의 기록과 『승정원일기』의 기록을 근거로 하여, 신해년 6월에는 17일간이나 비가 온 것으로 되어 있는데 연속하여 3일간 비가 오지 않은 날은 28, 29, 30일 뿐이었으므로, <동상기>의 완성시기는 1791년 신해 6월 30일이라고 추정하였다. 「<동상기>의 성립 배경과 작자문제」(『한국희곡문학사의 연구 Ⅴ』(사재동 편), 중앙인문사, 2000, 44~45쪽) 및 「<동상기>와 <김신부부전>의 비교 고

그러면, <동상기>의 작자 ‘매화치농’ 또는 매화탕치농이 누구인가? 국도본과 한남서림본의 ‘제사’ 끄트머리에는 “梅花若癡儂題”라고 쓰고 다시 작품의 제목 아래 “汶陽山人弄題”라고 하였으니, 문양산인이 또 하나의 별호인가? 가람본에서 명기한 바와 같이 李鈺의 호인가? 매화(탕)치농이나 문양산인이 누구인지 알 수 없고, 이미 앞에서 언급하였다시피 문양산인이나 이옥이라고 한 기록은 책을 엮은이가 덧붙였을 것으로 여겨지므로, 지금으로서는 작가를 확정할 수 있는 명확한 근거가 없다. 그럼에도 불구하고 <동상기>의 작자로는 문학사 등에서 李德懋 또는 李鈺이 거론되어 왔다.

<동상기>의 작자 문제를 구체적으로 논증하려 한 연구는 박선영[9]과 손찬식[10]에 의해서 이루어졌다. 이들은 <동상기>의 ‘제사’에서 언급되고 있는 내용과 이옥의 생애를 비교하면 상당 부분 일치한다고 하면서, <동상기>의 작가가 이옥이라고 하였다. 즉, 학질에 걸린 경험, 당시 과거공부 중이었다는 사실, 고문에 재주가 없다고 여긴 점, 매화를 지극히 좋아하여 매화라는 말이 들어간 호를 사용한 문사라는 것 등이 그러한 일치점이라고 하고, 또 이옥은 俚言을 많이 사용했는데 <동상기>에도 그런 표현이 많다는 점을 근거로 삼았다.

박선영과 손찬식이 <동상기>의 작가에 대한 논의를 새롭게 진전시켰음에는 틀림없다. 그러나 ‘제사’에 언급되고 있는 이러한 기록들이 <동상기> 작가 개인의 경험적 사실에 대한 기술이 아니라 그 시대의 사람들이라면 누구나 경험한 바 있는 일반적이고 보편적인 경험을 말하는 것이라면, 이 작품의 작가 문제는 이들의 각고에도 불구

찰」(같은 책, 67쪽) 참조.
9) 박선영, 「동상기 연구」, 이화여자대학교 석사학위논문, 1984 참조.
10) 손찬식, 「<동상기>의 성립 배경과 작자문제」, 앞의 책 참조.

하고 다시 원점으로 돌아갈 수밖에 없다. 즉, "수삼 년 학질을 앓을지 언정 하루의 한가로움은 참기가 어려운 일"이라는 데서의 학질앓이는 극단적인 비유를 위해 일반적 경험으로 동원된 표현수단이라 볼 수 있다. "신해년 유월, 무더운 장마인지라 사람들은 그 고통을 감당하지 못할 지경이었다. 과거공부를 하고자 하여도 엄두를 못 내어 해내기 어렵고, 고문을 읽고 시를 짓고자 하여도 재주가 미치지 못할 뿐 아니라 흥도 또한 사라지고 만다."라는 문맥도 작가가 당시에 과거공부 중이었던 儒生이었음을 말하는 것이 아니라 무더운 장마로 인한 고통이 대단함을 표현하기 위해 끌어들인 당시대의 보편적 경험이라 할 수 있다. 고문이나 시와 같은 딱딱한 글을 짓거나 과거 시험과 같은 일생의 중대한 일을 앞두고 있다고 하더라도 공부할 수 없을 정도로 무더운 장마를 견디기 어렵다고 말하고 있는 것이다. 매화를 좋아한 것도 사대부들의 보편적 취향인데, 이옥뿐 아니라 이덕무도 매화를 무척 좋아하여 "蜜蠟을 녹여 매화 만들기를 좋아하여 ……일찍이 輪廻梅十箋을 지었다."[11]

李德懋가 <동상기>의 작가일 가능성에 대해서는 아직까지 구체적으로 논의된 바 없다. 그런데도 불구하고 이덕무 창작설에서 헤어나지 못하는 것은 무엇보다도 이덕무가 지은 <김신부부전>과 <동상기>가 어느 이본의 경우에서나 함께 편철되어 있다는 사실 때문이다. 물론, 이들 두 작품이 제각기 유통되다가 그 제재의 동일성 때문에 후대의 편찬자에 의해서 함께 편철되었을 것[12]이라고 생각할 수도 있다. 그러나 이렇게 추론하는 데는 논리적 무리가 따른다. 네 이본의

---

11) 『아정유고』의 <선고부군유사>, 『국역청장관전서』 Ⅳ권, 229쪽.
12) 경일남, 「<동상기>의 극본적 실상과 희곡사적 가치」, 『어문연구』, 제22집, 어문연구회, 1991.

편찬자 모두가 공교롭게도 같은 동기를 가졌다고 보기는 어렵기 때문이다. 따라서 두 작품은 처음부터 함께 편철되어 유포되었고, 후대의 모든 이본들은 합본된 것을 원본으로 삼아 베낀 결과, 하나같이 합본으로 전하고 있는 것으로 보인다. <김신부부전>과 <동상기>가 처음부터 함께 편철하여 배포되었다는 사실은 이 두 작품의 작자가 같은 사람일 가능성을 추정하게 하는 중요한 단서가 될 수 있다.

<동상기>를 창작한 작가는 김희집과 신씨녀 부부의 혼사 추진 과정에 참여한 관리 등 혼사 진행의 전과정에 대해서 상세한 정보를 가지고 있었던 사람이다. 만약, 이옥이 <동상기>의 작가라고 가정해 본다면, 당시 과거에 응시하지도 않은 유생의 신분으로 보름도 채 지나지 않은 사건 정보를 그토록 빨리 얻을 수 있었을까 의문이다. 이덕무가 지은 <김신부부전>을 토대로 이옥이 <동상기>를 지었을 것이라는 추론도 타당성이 없다. <김신부부전>이 지어진 지 보름도 채 지나지 않은 시점에 이옥이 이 작품을 구해 읽었을 수도 없을 것이기 때문이다.

장르를 달리하는 두 작품의 창작시기가 완전히 일치한다는 사실도 무심하게 보아 넘길 수 없다. 두 작품의 작자가 서로 다른 사람이라면, 장르를 달리하는 두 작품이 동일 제재로 거의 동시에 창작된 사실을 어떻게 설명할 수 있으며, 두 작품의 세계관이 일치하고 있는 현상이나 텍스트 상호간의 긴밀한 관련성[13]은 또 어떻게 설명될 수 있는가. 우연의 일치라고만 하기 어려운 두 작품의 개연성은 결국 두 작품의 작가가 동일인임을 말해 주는 뚜렷한 증거가 아닐까 여겨진

---

13) 두 작품의 긴밀한 상호관련성은 이 논문의 다음 장에서 구체적으로 논의될 것이다.

다.

　<김신부부전>에서는 주인공들이 사는 동네가 盤石과 蟠松으로 되어 있는 데 비해 <동상기>에는 里門과 平尉로 되어 있다는 차이[14]나 주인공의 나이 및 혼인일 등의 차이[15]는 <동상기> 작가변증의 근거가 되기 어렵다. 반석과 반송으로 기록한 이덕무의 <김신부부전>이나 이문동과 거평동으로 기록한 『승정원일기』가 공식적인 기록으로서 착오가 없다고 본다면, 같은 동네에 대한 다른 이름일 가능성이 높고, 나이나 혼인일의 숫자상 차이는 쉽게 일어날 수 있는 착오일 뿐이기 때문이다.

　또한 <동상기>의 작가는 <서상기>뿐 아니라 중국의 고전극을 두루 읽은 사람일 것으로 추정된다.[16] 그렇다면, 규장각 검서관으로서 奇文珍書를 마음껏 구해 읽을 수 있었던 이덕무가 <동상기>의 작가일 가능성이 더 크다. 과거에도 응시하지 않은 젊은 나이의 이옥이 쉽사리 서적을 구해 읽을 수 없었던 당시에 중국 고전극을 두루 섭렵했다고 보는 것은 무리한 추정이다.

　이덕무는 정조의 문체반정에 동조하여 백화문체의 개혁적인 문체를 배격하고 소설무용론을 주장하였던 사람으로 알려져 있어서, <동

---

14) 심재숙은 「<東廂記>의 형성과정과 주제의식」, 『극예술연구』 제4집, 한국극예술학회, 1994. 6, 275쪽.

15) 신씨 처녀의 나이가 傳에서는 21세(아정유고, 정문연본, 국도본, 가람본) 또는 24세(한남서림본)로 되어 있고, 희곡에서는 모두 24세로 되어 있다. 혼인일은 실제로 12일인데, 傳에서는 12일(정문연본, 한남서림본, 가람본)로 되어 있으며, 희곡에서는 12일(한남서림본, 가람본) 또는 13일(정문연본, 국도본)로 되어 있다.

16) 김학주는 <동상기>와 중국 고전희곡의 극양식 비교를 통해 이런 결론에 도달한다. 김학주, 「讀<東廂記>」, 『아세아연구』, 8권2호, 고려대 아세아문제 연구소, 1965, 178쪽 참조.

상기>와 같은 백화문체의 희곡을 썼을 리 없을 것[17]이라고 할 만하다. 이덕무는 박제가에게 보낸 편지에서 <동상기>와 무관하지 않은 <서상기>를 나쁜 책[18]이라고까지 평가하였으니, 더욱 그렇게 결론짓기 쉽다. 그러나 "사건의 와전여부를 묻지 말고 문장의 체제도 묻지 말 것"이라고 한 '제사'에서의 전제는 이러한 근거의 의의를 반감시킨다. 더구나, 이덕무의 아들인 이규광의 <先考府君遺事>에 있는 다음과 같은 기록은 이덕무가 <동상기>의 작가일 수 없다는 생각을 완전히 뒤집어 놓을 수 있다.

> 상께서 선군(필자주:이덕무)의 글이 패관잡설에 가깝다 하여 스스로 꾸짖는 글을 지어 바치게 하였는데, 운명하시기 전날까지도 왕명에 응하는 것이 늦어짐을 걱정하여 때로 침통한 기색이 있었다. (上以先君之文 或近稗官 有自訟文製進之命 屬纊前一日 以應製差晚爲憂 有時有浸吟狀)[19]

이 기록을 통해 볼 때, 이덕무는 죽기 얼마 전에 패관잡설에 해당하는 어떤 글을 지었고 이에 대해 정조는 自訟文을 지어 바치게 하였음을 알 수 있다. 그러면, 패관잡설에 가까웠던 이덕무의 글은 무엇인가. <김신부부전>이 1791년 6월에 씌어졌고, <동상기>가 1791년 6월 30일에 완성되었으며, 정조가 패관잡설을 지은 사람들에게 자송문을 지어 바치게 한 것은 1792년 문체반정(文體反正)의 문제가 공식적으로 제기된 때의 일[20]이고, 이덕무가 왕명에 응하지 못하고 작고한

---

17) 박선영, 앞의 논문 참조.
18) 『간본 아정유고』 제7권에 수록된 <박제가에게 보내는 편지>에서 이렇게 말했다. 『국역 청장관전서』 IV 권(민족문화추진회, 1979), 205쪽 참조.
19) 『국역 청장관전서』 IV 권, 236쪽.

것이 1793년 1월 25일의 일이다. 이러한 정황으로 볼 때, 패관잡설에
가까운 이덕무의 글이란 곧 <동상기>일 것으로 추정된다. 이덕무는
『서상기』를 읽는 등 중국 희곡에 대한 상당한 지식을 지니고 있었으
므로, 그가 <동상기>와 같은 이른바 패관잡설을 창작했을 가능성은
충분하다고 하겠다.

패관잡설의 폐해를 힘차게 부르짖던 이덕무가 만년에 패관잡설에
해당하는 글을 지었다는 사실은 매우 중요한 사실로 주목된다. 이덕
무는 일평생 고집해 오던 문학관을 바꾸고, 패관잡설의 효용에 대해
새로운 자각을 하고 있음을 말해주기 때문이다. 이덕무는 <김신부부
전』을 지은 후, 이를 번역하여 일반 백성들에게도 이 글을 읽힘으로
써 조정의 정책을 널리 알리고자 하였다.[21] 이런 생각을 하고 있던
가운데, 일반 대중들에게 정책을 널리 알리기 위해서는 연극으로 공
연하는 것이 홍보효과가 가장 크다는 생각에서 <동상기>와 같은 희
곡을 지었을 것으로 보인다.

요컨대, 이덕무가 왕명에 의해 <김신부부전>을 창작하면서, 한편
으로는 전이라는 장르로서 표현할 수 없었던 사실들을 모아 희곡으
로 창작한 것이 <동상기>가 아닌가 한다. 전이란 장르는 공인된 것
이고 희곡 장르는 패관잡설에 해당하므로, 전에서는 작자 자신의 이
름을 밝힐 수 있었으나 희곡을 쓰고서는 떳떳하게 자신을 밝힐 수 없
었을 것이다. "어린 종이 시장에서 돌아와 들은 바를 이야기하는 것
이 기이하고도 장하게 여길 만하여 한가함도 달랠 겸 희곡 한편을 지

---

20) 정옥자, 『조선후기문화운동사』, 일조각, 1990 중판, 93쪽~101쪽 참조.
21) 이덕무는 成士執에게 보낸 편지글에서 "金申傳 昨朝進呈而尙不繙譯"이라 하
    였는데, 이를 통해 볼 때 이런 생각을 가진 것으로 보인다. 『청장관전서』 권
    16, 「아정유고」8.

었다"는 <동상기> 서문에서의 말은, 작가의 이름을 밝힐 수 없었던 당시의 사정을 고려해 볼 때, 자신을 감추기 위한 위장으로 보아야 할 것이다. 어린 종이 전하는 이야기는 세세하지 않았을 것이므로 그것을 전해 듣고서는 김희집과 신씨녀의 혼사 진행 과정을 오차 없이 이토록 소상히 작품화할 수도 없었을 것이기 때문이다. 따라서 이덕무가 <동상기>의 작가일 가능성은 거의 확실한 것으로 보인다. 이덕무는 실재한 사실을 바탕으로 <김신부부전>을 짓고 <동상기>도 아울러 창작했던 것이다.[22]

3. 장르 전용에 따른 상호대화성

3.1. 인물 설정과 사건 다루기의 대칭성

3.1.1. 상층인물과 하층인물

전과 희곡이라는 각기 다른 형태의 담론으로 존재하는 <김신부부전과>과 <동상기>는 실재한 동일 사건을 제재로 삼았을 뿐 아니라 세부적으로도 거의 일치되는 사건 전개 과정을 다루고 있다. 가난 때문에 혼기를 넘긴 노총각·노처녀들의 혼인을 서두르라는 왕명에 의해, 김희집과 신씨녀가 결혼하게 되기까지의 과정을 그리고 있는 것

---

22) 이어지는 논의에서 계속 밝혀지겠지만, <동상기>를 <김신부부전>의 각색(윤일수, 『중국극의 한국 수용양상에 관한 연구』, 영남대 박사학위논문, 2001, 89쪽)으로 이해하거나 <김신부부전>을 바탕으로 삼아 창작된 희곡(대부분의 기존 논의들)으로 이해하는 기존연구들은 이런 점에서 볼 때, 수정되어야 한다.

이다. 그러나 사건을 바라보는 시각에 있어서, 두 작품은 변별적 경계를 분명하게 그어놓고 있다.

　두 작품의 내용과 인물들을 비교해 보면 다음과 같다.

김신부부전			동상기		
구분	사 건	인물	구분	사 건	인물
1단락	김희집과 신씨 처녀가 가난 때문에 과년토록 혼인하지 못함	김 희 집, 신씨녀	제1절	김희집이 가난으로 혼인하지 못한 신세를 한탄함	김희집
2단락	임금이 경성 5부에 칙령을 내려 제때에 결혼하지 못한 가난한 백성의 결혼을 도와 혼인시키고 보고하라고 함	정조		동네 임장이 찾아와 조정에서 노총각의 혼인을 돕는다는 한성부의 공문을 전하면서 김희집의 신상을 조사해 감	김 희 집, 동네 임장
3단락	한성 판윤이 정조의 勸婚 정책을 수행한 결과와, 김희집과 신씨녀가 아직 결혼하지 못했음을 보고함	한성 판윤	제2절	오부의 서원들이, 임금의 교지를 받든 한성부의 지시에 따라 노총각 노처녀의 명단을 한성부 판윤에게 보고하여 혼인시킨 사실을 설명하고 임금의 치적과 성덕을 칭송함 오부의 서원들이 조정의 권혼정책으로 혼인을 마친 이들의 명단을 작성하던 중 조정의 도움을 받고도 파혼 당해 아직 혼인하지 못한 김희집과 신씨녀를 찾아냄	경성 오부의 서원 大, 小
4단락	임금이 김희집과 신씨녀의 혼인을 독려하는 유시를 내리고, 서부령과 한성 주부는 이들이 파혼 당한 사실을 알고 두 사람을 서로 짝짓기로 논의하고 중매를 서 혼인날을 택하고 한성부에 보고함	정조,서부령,한성주부,김희집,신득빈	제3절	호조와 선혜청 서리가, 왕명을 받들어 호조 판서와 선혜청 당상관 주관으로 김희집과 신씨녀의 혼인을 하게 되었다는 사실을 전달하고 이들의 혼인잔치를 준비하며 성덕을 칭송함	호조서리, 선혜청 서리
5단락	한성 판윤의 보고를 받은 임금이 유시를 내려 호조 판서 조정진과 선혜청 당상관 이병모에게 김희집과 신씨녀의 혼인을 주관하게 하고, 호조판서와 선혜청당상관은 서둘러 납폐와 답혼서를 주고 받음	정조,호조판서,선혜청 당상관			
6단락	신랑과 신부의 결혼식 모습과 양가와 이웃들의 성덕 칭송	신랑신부, 이웃	제4절	동네 청년들이 ‘새신랑 다루기’ (동상례)를 함	三生,小孩, 김희집
7단락	논찬부에서 임금의 성덕을 칭송함			김희집과 신씨녀의 혼인과 임금의 성덕을 칭송하는 두 편의 시	

김희집과 신씨녀가 조정의 도움으로 결혼하기까지에는 이들과 왕 사이에 의사소통의 층위가 있게 마련이다. 두 작품에 설정된 인물들을 총집하여 이러한 전달 체계를 재구성해 보면, 크게 두 층위로 갈라진다. 이들의 결혼에 관여하는 인물로서 상층에는 왕을 구심점으로 한성 判尹 구익·西部令 김승훈과 主簿 윤형·戶曹判書 조정진과 宣惠廳 堂上 이병모가 있고, 하층에는 김희집을 구심점으로 동네 任掌·오부의 書員·호조와 선혜청 書吏가 등장한다. 왕과 김희집·신씨녀 사이를 연결하는 관리들은 다시 두 갈래로 나뉘어진다. '왕―한성 판윤 구익 및 한성 주부 윤영―서부령 김승훈―오부의 서원―동네 임장―김희집 및 신씨녀'으로 이어지는 연결은, 왕명에 따라 늦도록 결혼하지 못한 김희집과 신씨녀의 명단을 파악하고 보고하여 혼인 정책을 수행하는 행정 계통이고, '왕―호조판서 및 선혜청 당상―호조 및 선혜청 서리―김희집 및 신씨녀'로 이어지는 연결은 왕명에 의해 김희집과 신씨녀의 혼인을 실제로 처리하는 인물 관계이다. 이를 구도화해 보면 이해를 용이하게 한다.

<김신부부전>	<동상기>
┌ 한성 판윤 ―한성 주부― 서부령― 왕 ┤ └ 호조판서 및 선혜청 당상관 ―	오부 서원 ― 동네 임장 ┐ ├ 김희집·신씨녀 호조 및 선혜청 서리 ┘

김희집과 신씨녀의 결혼이 이루어지기까지에는 그림에서 보는 바와 같은 정책 수행의 경로를 거치게 된다. 그런데 두 작품이 이와 같은 경로를 통해 벌어진 동일한 사건을 다루고 있으나, <김신부부전>

에서는 왕을 비롯한 상층인물들의 역할이 주로 진술되고 있고, <동상기>에서는 김희집을 중심으로 하는 하층인물들의 활동이 진술의 중심을 이루고 있다. 동일한 내용의 사건을 다루면서도, 두 작품에서 다루고 있는 시공간과 등장하는 인물은 서로 상반되게 설정해 놓고 있는 것이다.

<김신부부전>에서는 고딕으로 표시된 하층인물들은 아예 무시하고 상층인물들만을 전면에 드러내어 서술 대상으로 삼고 있다. 김희집과 신씨녀의 아버지 신덕빈의 목소리가 단 한번 구체적으로 서술되어 있고 신랑신부의 결혼식 당일 모습이 대체로 상세하게 묘사되기도 하나, 김희집과 신씨녀는 立傳人物임에도 불구하고 주변인물처럼 취급되어 있다. 왕의 목소리와 왕명을 수행하는 상층 관리들의 목소리가 서술의 전면에 구체화되어 서술되고 있는 것이다. 반면에, <동상기>에서는 하층인물들을 前景化하여 등장시키고, 상층인물들은 보고줄거리23)에서만 언급함으로써 단지 하나의 배경으로 後景化해 놓고 있는 셈이다. 즉, <김신부부전>에서는 아예 언급조차 되지 않고 있는 하층관리들을 <동상기>에서는 극중상황의 전면에 등장시켜 그들이 조정의 혼인정책을 수행하는 모습을 보여주고, <김신부부전>에서는 주변인물처럼 처리되어 있던 김희집을 주인물로 내세워 자신의 신세를 한탄하고 동상례를 치르는 내용을 實演場面으로 처리하고 있는 것이다.

두 작품이 다루고 있는 사건이 일치하는데도, 그 사건 진술의 초점

---

23) 여기서 '보고줄거리'란 등장인물이 대사 안에서 보고형태로 전달하는 줄거리로서, 시간적으로 이미 경과되고 공간적으로 무대에서 멀리 떨어져 일어난 사건을 말한다. Bernhart Asmuth, 『드라마 분석론』(송전 옮김, 한남대학교 출판부, 1995), 154~160쪽 참조.

은 이처럼 다르게 나타난다. 시각이 변화한다기보다도 시각이 철저하게 반으로 나뉘어져 있다고 하는 것이 더 온당한 표현이다. 즉, 왕명에 의해 김희집과 신씨녀의 결혼이 성사되기까지의 정책수행의 경로를 정확하게 상층과 하층으로 갈라서, <김신부부전>에서는 왕을 구심점으로 하는 상층인물들을 통해서 이들의 혼사 사건을 진술하고, <동상기>에서는 김희집을 구심점으로 하는 하층인물들을 통해서 이들의 혼사 사건을 진술하고 있는 것이다. 하나의 사건을 상층과 하층의 상반된 위치에서 조망하고 있는 셈이다.

이처럼, 두 작품에서의 사건 진술은 철저한 계산에 의해 치밀하게 설계된 듯한 짝맞춤의 관계를 이루고 있다. 이러한 현상은 단순한 차이로만 읽을 수 없는 긴밀한 관련성을 내포하고 있다. 숨어있던 인물들을 드러내고 표면화되어 있던 인물들을 이면화하는 의도적 전용 현상을 보여주고 있는 것이다. 따라서 두 작품의 진술시각의 차이는 동전의 양면과 같은 상보적 관계를 이룬다. 이 두 작품이 항상 함께 읽혀져야만 김희집과 신씨녀의 결혼 이야기가 빠짐없이 온전하게 전달될 수 있다. 이본마다 두 작품이 항상 함께 합철되어져 있는 이유는 이런 점에서 찾을 수도 있다.

이러한 상보적 관련성으로 보아, <동상기>와 <김신부부전>의 창작과정에는 분명 상호대화성이 존재하고 있음에 틀림없다.[24) 이러한 상호대화성은 우연적인 현상이 아니라, 이들 두 작품이 상호패러디의

---

24) 손찬식과 경일남은 앞의 논문에서 <김신부부전>과 <동상기>를 비교하고 전혀 상관성이 없는 독자적인 작품이라고 결론짓고 있고, 김학주("독 <동상기>", 『아세아연구』 8권2호, 고려대 아세아연구소, 1965), 김인순("<동상기>와 <서상기>의 비교연구", 『희곡문학』 창간호, 희곡문학사, 1990년 여름, 147쪽), 조만호("<東廂記>考 1", 『도남학보』, 제16집, 도남학회, 1997, 255쪽)는 <동상기>는 <김신부부전>을 근간으로 창작되었다고 하였다.

관계에 있음을 말해 주는 준거이다. 두 작품의 창작이 거의 동시적으로 이루어졌다는 사실까지 고려할 때, 두 작품의 상호패러디적 관계는 동일한 작가의 창작일 가능성을 말해 주는 중요한 단서로 작용하는 것이라 생각한다.

3.1.2. 서사적 진술과 극적 장면 구성

<김신부부전>과 <동상기>는 동일한 제재를 다루고 있음에도 불구하고, 각 작품에 드러나 있는 작가의 장르의식은 매우 분명하다. 전은 역사 기술의 양식으로 서사적인 진술 방법에 상당히 의존하고 있다면, 희곡은 허구적인 사건 형상의 양식으로 극적 장면화에 기대고 있다.

<동상기> 제1절은 가난 때문에 결혼하지 못한 노총각 김희집의 가련한 신세 한탄 장면과 동네 임장이 찾아와 조정에서 노총각의 혼인을 돕는다는 한성부의 공문을 전하면서 그 신상을 조사·작성하는 장면으로 이루어져 있다. 김희집이 등장하여 2구의 시구를 읊은 다음, 자신의 성명과 처지 및 심정을 독백과 창, 그리고 해설을 통해 전달하는 가운데, 동네 임장이 찾아와 한성부의 공문 내용을 전하면서 김희집의 신상명세서를 작성해 가는 상황이 이어진다. 앞 장면은 설명적 전달과 고백적 성격을 지닌 독백 장면이며, 뒷 장면은 두 인물 상호간의 대화와 행동에 의한 사건실연 장면이다.

<김신부부전>에서는 최대한 축약되어 있는 김희집의 가난한 처지에 대한 서술이 <동상기>에서는 설명적인 보고 형식으로 장황하게 전달되고 아울러 그의 외로운 심정이 간간이 독백 형식으로 함께 전달되고 있다. 그리고 동네 임장이 찾아와 조정의 권혼정책을 전하면

서 희집의 신상을 조사·작성하는 장면은 <김신부부전>에서 전혀 서술되지 않는 이면적인 사건이었는데, <동상기>에서는 표면적인 상황으로 무대 실연 장면화 되어 있다.

<동상기> 제2절의 등장인물은 한성부의 두 서원(아전)이다. 임금의 교지를 받든 한성 판윤의 지시에 따라 노총각 노처녀의 명단을 파악·보고하고 그들의 혼인을 추진해 왔다는 사실을 간추려 제시하면서, 임금의 치적을 장황하게 들추어내고 성덕을 찬양하는 보고장면이 그 첫 장면이다. 그리고 조정의 도움을 받아 성혼한 처녀총각들의 명단을 작성하던 중 파혼 당하여 아직 혼인하지 못한 김희집과 신씨 처녀를 찾아내고, 이들이 혼인하게 될 것인지 두고 보자고 하는 장면이 이어진다.

제2절의 무대에서 실연되는 행동과 대사는 <김신부부전>에서는 전혀 서술되지 않는 상황이다. 반면에 <동상기>에서의 보고줄거리가 <김신부부전>에서는 오히려 구체적 상황으로 서술 표면에 확대되어 있다. 즉, 조정의 도움에도 불구하고 혼사를 연기하게 된 신씨녀의 처지와 파혼 당하고 만 김희집의 처지를 한성 판윤 구익이 임금에게 보고하는 내용이 직접 인용되어 있고, 호조판서와 선혜청 당상관이 주혼하여 김희집의 혼인을 서두르라는 임금의 교지가 직접 인용되는가 하면, 덕빈의 딸 신씨녀도 공교롭게도 파혼 당한 사실을 알게 된 서부령 김승훈과 한성 주부 윤영이 이들의 중매자가 되어 두 집을 오가며 인연을 맺어주는 상황이 그것이다.

<동상기> 제3절에서의 등장인물은 호조와 선혜청의 서리이다. 왕명을 받들어 호조판서와 선혜청 당상관이 김희집과 신씨녀의 혼인을 주관하게 된 사실이, 관리의 보고 형식에 의해 개략적으로 전달된다.

그리고 나서, 관리들은 조정의 성덕으로 혼수를 풍성하게 준비하게 되었음을 관객에게 전달하며 잔치를 위한 도구·신랑과 신부의 차림·신방의 모습·잔치 음식상 등 그 세세한 품목들을 장황하게 나열시키면서 결혼식 준비 상황을 점검하고 보고한다. 이러한 내용이 호조와 선혜청 서리의 독백과 창과 해설로 전달되고, 등장인물 사이의 대화 장면은 없다. 대화 장면이 없는데도 불구하고 두 명의 배우가 등장하는 것으로 보아, 독백이나 창을 두 명이 번갈아 하는 것으로 구성되어 있는 것 같다.

제3절에서 호조와 선혜청 관리가 등장하는 장면은 <김신부부전>에서는 서술의 표면에서 나타나지 않는 상황이다. 그리고 여기에서 매우 세밀한 혼인품목까지 일일이 제시하고 있는 결혼식 준비 상황도 <김신부부전>에는 전혀 서술되어 있지 않다. 반면에, <동상기>에서는 서사적 보고형식에 의해 개략적으로 전달되고 있는 보고줄거리가 <김신부부전>에서는 구체적인 상황으로 서술되어 있다. 즉, 한성 판윤의 보고를 받은 정조가, 김희집과 신씨녀의 혼인을 호조판서와 선혜청 당상관의 주관으로 치르라며 내린 유시나 납폐 및 답혼서의 내용을 그대로 옮겨 놓고 있는 것이다.

<동상기>의 제4절은 동네 청년들이 새신랑을 다루는 모습, 즉 동상례가 무대 위에 가시적으로 연출되는 장면이다. 제3절은 사건보고 장면으로만 구성되어 있는데 비해, 제4절은 등장인물들의 대화와 행동을 통한 사건실연 장면으로만 구성되어 있다.

이 동상례 장면도 <김신부부전>에서는 전혀 서술되지 않은 내용이다. 대신에 <김신부부전>에서는 결혼식 모습과 이를 지켜보는 양가 및 동네 사람들의 찬사를 소상하게 서술해 놓고 있다.

　이상에서 살펴 본 바와 같이, 실제로 존재했던 동일한 사건을 제재로 삼았음에도 불구하고 두 작품에서 다루고 있는 상황은 철저하게 상반관계를 이루고 있다는 사실을 알 수 있다. 전 장르인 <김신부부전>에서는 임금과 상층관리들 사이에서 벌어지는 상황을 중심으로 서술하고 있는데 비해, 희곡 장르인 <동상기>에서는 상층의 지시를 받아 실질적으로 정책을 추진하는 하층관리와 김희집 사이에서 벌어지는 상황을 중심으로 재현하고 있는 것이다. 즉, <김신부부전>에서는 하층에서의 상황이 전혀 서술되지 않고 있고, <동상기>에서는 상층에서의 상황이 가시적 장면으로 직접 묘사되지 않고 보고줄거리 형식으로 전달되고 있다.

　다시 말하자면, <김신부부전>에서는 요약적으로 서술되고 있는 내용이 <동상기>에서는 무대 실연 장면으로 확대되어 제시되기도 하고, 반대로 <동상기>에서는 간략하게 전달되고 있는 보고줄거리가 <김신부부전>에서는 구체적인 상황으로 서술 표면에 확대되어 진술되어 있다. 그런가 하면, <동상기>에서 무대 실연 장면으로 재현되고 있는 상황이 <김신부부전>에서는 어떤 서술층위에도 진술되지 않고 있다. 어느 한 쪽에서는 이면적 상황으로 처리된 사건이 다른 한쪽에서는 표면적 상황으로 처리되어 제시되고 있는 것이다. 전의 서사적 진술과 희곡의 극적 장면 구성이 다루고 있는 상황은 이처럼 철저하게 서로 비껴나가도록 대칭적으로 설계되고 있는 셈이다. 두 작품 사이에 드러나는 사건 다루기의 이와 같은 대칭성은, 작품 창작의 설계에 철저히 계산적인 의도성이 작용하고 있음을 말해 준다. 즉, 전 장르를 통해 제대로 전달하지 못한 상황을 희곡 장르를 통해서 보여주고자 한 작가의 의도적 거리를 읽을 수 있다. 두 작품이 동일한 작가에 의해 설계되지 않고는 이러한 대칭을 이루기 어렵다고 할 수 있는 것이다.

3.2. 창작 의도의 동일성

<김신부부전>과 <동상기>에서 드러나는 인물설정이나 사건다루기의 대칭성은 동일한 시공간적 배경 위에서 벌어지는 사건을 어느 쪽에서 바라보고 어떻게 다루느냐에 따른 문제라고 한다면, 그보다 더 근본적인 문제는 사건을 어떤 의도와 어떤 입장에서 다루고 바라보느냐 하는 데 있다. 그것은 곧 작가의 세계관이나 창작의도와 관련된다.

<김신부부전>은 그 제목대로 金·申 부부를 立傳인물로 삼고 있다. 따라서 이들 부부의 행적이 서술의 중심이 되어야 마땅하다. 그러나 임금이나 勸婚政策을 추진하고 수행하는 상층관리들이 서술의 초점에 놓여 있다. 다시 말하자면, 주인공의 행적을 서술하기보다는 가난 때문에 혼기를 놓친 과년한 남녀가 임금의 恩德으로 성혼하게 되었다는 정책 홍보에 치중하고 있는 것이다.

김희집과 신씨녀는 모두 재주와 현명함을 갖추었으나 가난하여 과년토록 혼인하지 못했다는 '서두부'의 간략한 서술이 전제되긴 했지만, 전개부가 당시의 권혼정책에 대한 기록으로 시작되고 있음은 이 작품의 창작 의도가 어디에 있는지를 잘 말해 주고 있다.

> 정조 15년 봄 2월, 임금께서 가난한 백성들이 제때에 결혼하지 못하는 것을 가련하게 여기시고, 경조 5부에 칙령을 내려 혼인 날짜를 멀리 잡은 경우에는 앞당겨 성혼토록 권장하되 관청에서

혼수로 돈 오백 냥과 포목 두 필을 보조하고 매월 보고하도록 지
시하였다.

전개부의 시작에 이처럼 정조의 정책을 제시함으로써, 이어지는
김희집과 신씨녀의 혼인은 모두 가련한 백성을 보살피는 임금의 성
덕에 의한 것임을 논리화하고 있다. 뿐만 아니라, 김희집과 신씨녀의
결혼이 성사되는 과정에서 상층관리들의 보고나 이에 대한 임금의
유시를 일일이 직접 인용하고 있다. 작품의 통일성을 무시해 가면서
까지 이런 부분을 지나치게 구체화시킨 데는, 사사로운 개인에게까지
관심을 가지는 정조 임금의 자애로운 면모를 생생하게 드러내 주고
자 하는 작가의 의도가 숨어 있다.

정조의 치적과 성덕을 찬양하고자 하는 작가 이덕무의 의도는,
김·신 부부의 행적 기술에서 생략해도 무방한 납폐서와 그 답서의
疏文을 통해 더욱 분명하게 강조된다. "배필은 하늘이 정해주는 것이
나 조화를 이루게 됨은 필히 임금의 은혜로소이다.", "임금께서 어진
정치를 베푸시니…", "성스런 임금께서 제도로써 혼인하게 하시
니…", "풍성한 덕은 만세에 드물게 들리고…"라든가, "임금께서 혼기
를 놓친 사람을 측은히 여기사…", "자나깨나 천세만세를 송축하나이
다." 등의 표현들이 그것이다.

이덕무는 논찬부 직전에 신랑신부집과 동네 사람들의 입을 빌려
임금의 성덕을 재삼 칭송함으로써 그 객관성을 확보하려고 하였음도
알 수 있다. 작가의 이러한 의도는 논찬부에서 종합적으로 드러나 있다.

예로부터 임금의 마음은 하늘과 통한다고 했으니, 어찌 그렇지
아니한가? 화창한 기운이 상서로움을 부르는데 그것을 인도하는
것은 윗사람에게 있으니 어찌 그러한가? 지금 우리 임금께서는

하느님을 마주한 듯 어두운 것은 밝혀주고 억울한 것은 풀어주며, 불쌍히 여겨 덮어주고 은택으로 베푸시니 이루어지지 않는 것이 없다. 여러 번 징험컨대, 올해 봄 여름 사이에 백성들이 비를 바랄 때 어진 정사를 베풀면 기우제를 기다리지 않고도 비가 곧 내리었다. 대저 김씨와 신씨의 혼인이 정하여지자 비가 즉시 패연하게 내렸으니, 하늘의 감응이 이와같이 빠르도다. 그러므로 조야가 칭송하기를 '至治의 세상'이라 하였다.

임금의 성덕 예찬으로 일관하고 있는 논찬부는 작가의 주관을 마음껏 개입할 수 있는 곳이므로, 그 내용은 작가의식의 집약이라 할 수 있는 것이다. <김신부부전>은 임금의 명령에 의해 지어졌고 내각의 일력에 실리는 글이므로 임금의 밝은 교화를 찬양하는 논지를 담을 수밖에 없다고 할 수도 있겠으나, 논찬부에서의 평가는 작가의 창작의도나 세계관적 입장을 총체적으로 드러내 주는 것이라 할 수 있다.

사건을 다루는 시각이 정반대로 나타나는 점으로 미루어 볼 때, <동상기>의 세계관적 입장은 <김신부부전>의 그것과 판이하게 다를 법하나 사실은 그렇지 않다. 작품의 시작인 제1절과 마지막인 제4절에서 김희집을 중심인물로 내세워 장가들지 못한 가련한 처지와 장가 후의 동상례를 보여주고 있지만, 김희집과 신씨 처녀가 혼인하게 되는 과정을 보여주는 제2절과 제3절에서 관리들을 내세워 임금의 성덕을 칭송하고 있기 때문이다. 다시 말하자면, 제2절에서는 경성 5부의 관리들을 통하여 가난으로 늦도록 혼인하지 못한 노총각·노처녀들이 거의 모두 혼인하게 된 것은 임금의 권혼정책에 힘입었음을 칭송하고 있고[25], 제3절에서는 선혜청 서리를 통해서 김희집과 신씨 처녀가 특별히 혼인하게 된 것은 왕의 은혜에 의한 것임이 강조되고 있다. 즉, 제2절에서는 임금의 권혼정책을 두고, '성스러운 우리 조정에 이런 좋은 일은 일찍이 없었'다든가, '성덕 중의 성덕'이라고 하는가 하면, '임금께서 백성을 자식처럼 보심이라'고 칭송한다. 그리고 제3절에서도 김희집과 신씨녀의 결혼이 '조정의 성덕'일 따름이며, '조정의 성덕이 고금에 비할 데가 없'다고 하는가 하면, '임금의 크고 작은 은혜를 헤아리면 동해와도 같도다'라고 칭송하고 있다.

제2절과 제3절의 이와 같은 내용으로 보아, 작가의 의도나 관심은 임금의 정책과 성덕을 찬양하는 데에 있음을 알 수 있다. 이러한 의도는 막 구성의 논리에서도 드러난다. 제1절의 결핍 상황이 제4절의 충족 상황으로 발전하는 것은 제2, 3절에서의 임금의 정책과 성덕 때문이라는 논리가 그것이다. 뿐만 아니라, 사건이 종결된 극의 말미에 극의 대의를 총결산하는 下場詩가 임금의 은혜를 찬양하는 내용으로 되어 있음은, 작가의 창작의도를 말해 주는 가장 중요한 단서가 되는 것이다.

> 금박 입힌 나비떼 수를 놓은 원앙새/백마의 금안장이 동네 문에 빛나도다./임금께서 하사하신 붉은 비단 삼백 척/붉은 비단 실 올마다 임금님 은혜로다.// 봄바람 불어도 가난한 집엔 미치지 않아/쓸쓸히 꾀꼬리 울어 중늙은이 되었더니/하루 밤 동풍이 큰 은혜 베푸시어/붉고 푸른 두 가지에 늦게 핀 복숭아 꽃//

이처럼, 두 작품에 드러나 있는 작가의 창작 의도는 동일하다. 가난 때문에 늦도록 혼인하지 못한 백성들을 위해 베풀어진 조정의 정책을 홍보하고 이러한 은혜를 베푼 임금의 자애로운 성덕을 찬양하

---

25) 제2막에서는 임금의 권혼정책뿐 아니라. 흉년의 백성 구휼, 죄수 방면, 세금 탕감 등 임금의 또다른 업적까지 찬양되고 있다.

는 데에 두 작품의 창작 의도가 있는 것이다. <김신부부전>과 <동상기>가 동일한 작가의 작품이라는 사실이 여기서도 입증된다.

그런데 두 작품 모두가 정책 홍보와 임금의 성덕 찬양에 창작 의도를 둔 탓으로, 인물의 성격 창조나 현실적 문제의식의 제시에는 소홀해질 수밖에 없다. 서사적 진술에서는 사건 서술을 통해서 인물의 성격을 형상하고, 희곡적 장면구성에서는 등장인물을 통하여 현실 문제를 제시한다. 그러나 <김신부부전>은 역사적 사실 전달에 목적을 둔 전 장르의 한계성 때문에도 인물의 성격 창조에까지 나아가지 못하였고, <동상기>도 현실적 갈등을 서두에서 제시하였음에도 불구하고 현실적 가난의 문제를 임금의 성덕 시혜로 해결하는 낭만적 귀결에 머물렀다. <동상기>는 4막극으로, 네 막은 상호 계기적 관련성만 지닌 채 독립적으로 나열되는 장면기법에 의해 하나의 이야기를 꾸며낸다. 사건 전개의 인과율성이나 갈등의 파국적 해결 등에 기대는 극작법에서 벗어나 있다.26) 제1절에서 주인공이 가난한 환경이나 욕망과 갈등을 보이고 있기는 하나, 그 갈등 해결을 위한 주인공의 의지적 노력이 제2, 3절에 이어지지 않음으로써, 제기된 문제가 극적 긴장을 만들어내지 못하고 임금의 자애로운 성덕에 힘입어 해결되었다는 사실만이 찬양되고 있으며, 제4절에서는 '새신랑 다루기' 의식을 통해 흥겨운 놀이마당이 펼쳐지기 때문이다. 따라서 독자나 관객은 극적 긴장을 경험하게 되는 것이 아니라, 등장인물과 함께 흥겨운 놀이마당으로 끌려가게 된다.27) 그럼으로써, 서두에 제시된 가난이라는

---

26) 경일남은 <동상기>가 도입·전개·절정·종결이라는 극의 보편적 구성방식에 맞추어져 있다고 하였으나 동의할 수 없다. 「<동상기>의 극본적 실상과 희곡사적 가치」, 『어문연구』, 제22집, 어문연구회, 1991. 참조.
27) 권순종, 『한국 희곡의 지속과 변화』, 중문출판사, 1991, 43~44쪽.

문제가 사회적인 문제의식으로 남아있지 못하고 낭만적 귀결에 의해 실종되고 만 것이다.[28]

그러나 <동상기>는 극중인물이면서 서사적 보고자로서 배우의 역할 전환이 자유자재로 가능하다든가, 서사적 보고체 및 서정적인 唱詞와 극적 대화 및 행동이 혼합되어 있는 점, 언어의 등시적 반복과 나열을 특징으로 삼는 판소리적 문체를 많이 사용한 점,[29] 그리고 축제적 놀이마당으로서의 성격을 지닌 점 등에서 전통극적 요소가 강하다. 따라서 <동상기>는 중국희곡적 양식을 취하고 있음에도 불구하고, 작가 나름대로 독창적인 표현을 시도한 작품으로써 한국 희곡사에 중요한 위상을 차지하고 있다는 사실을 부정할 수는 없다.

4. 결 론

이 글은 동일한 사건을 다룬 <김신부부전>과 <동상기>의 장르적 차이, 즉 두 작품이 장르적 차원에서 동일한 제재를 어떻게 轉用하고 있는가에 궁극적인 관심을 두고 씌어졌다. 이를 위해 異本 검토를 통하여 최선본을 추정하고 논란이 되고 있는 <동상기>의 작가 문제를 미리 점검해 보았다. 그리고 인물설정 및 사건다루기에서의 대칭적 상이성, 창작의도의 유사성을 살펴서 전과 희곡으로 장르를 달리하는 두 텍스트의 긴밀한 상호대화성을 확인하였다.

---

28) 작품의 이러한 한계성에 대해서는 심재숙의 "<동상기>의 형성과정과 주제의식"(『한국 극예술 연구』, 제4집, 한국 극예술학회, 1994, 292~295쪽)에서도 지적된 바 있다.
29) 심재숙, 위의 논문, 위의 책, 287쪽 참조.

논의의 결과를 요약하면 다음과 같다.

1) 현존하는 네 이본은 모두 <김신부부전>과 <동상기>를 합철해 놓고 있는데, <동상기>의 작가가 서문에서 자신을 밝히지 않으려고 한 점과 주인공 이름 표기의 정확성으로 미루어 보아, <동상기> 작가의 호를 하나만 기록하고 주인공의 이름을 유독 '金喜集'으로 표기한 한국정신문화연구원본이 최선본으로 추정된다.

2) 확실한 자료가 나타나지 않는 한, <동상기>의 작가는 이옥일 수도 있고, 이덕무일 가능성도 배제할 수 없다. 그러나 몇 가지의 실증적 정황을 따져볼 때 <동상기>의 작가는 이덕무일 것이라는 추정이 가능하다.

3) 김희집과 신씨녀의 결혼이 성사되는 과정에 동원되는 인물들 가운데, <김신부부전>에서는 왕을 구심점으로 하는 상층의 인물들을 중심으로 사건을 바라보고, <동상기>에서는 김희집을 구심점으로 하는 하층의 인물들을 중심으로 사건을 바라보고 있음을 알 수 있다. 숨어있던 있던 인물들을 드러내고 표면화 되어 있던 인물들을 이면화하는 轉用을 보임으로써, 두 작품은 긴밀한 짝맞춤의 관계를 이루고 있다는 사실이 밝혀졌다. 이는 두 텍스트 사이에 상호패러디적 관계 내지는 상호대화성이 존재하고 있음을 말해주는 것이며, 두 작품이 동일한 작가의 창작일 가능성을 말해 주는 중요한 단서로 작용한다.

4) <김신부부전>에서는 요약적으로 서술되고 있는 사건이 <동상기>에서는 무대실연 장면으로 확대되어 제시되기도 하고, 반대로 <동상기>에서는 간략하게 전달되고 있는 사건이 <김신부부전>에서는 구체적인 상황으로 서술 표면에 확대되어 진술되어 있다. 그런가 하면, <동상기>에서 무대 실연 장면으로 재현되고 있는 상황이 <김신부부

전>에서는 어떤 서술층위에도 진술되지 않는 경우도 있다. 두 작품 사이에 드러나는 사건 다루기의 이러한 대칭적 상반성은, 작품 창작의 설계에 철저히 계산된 의도가 작용하고 있음을 말해 준다. 즉, 전 장르를 통해 제대로 전달하지 못한 상황을 희곡 장르를 통해서 보여주고자 한 작가의 치밀한 설계를 읽을 수 있다는 것이다. <김신부부전>은 임금의 명으로 씌어진 전이기 때문에 작가가 하층에서의 상황을 진술의 대상으로 삼지 못했으며, <동상기>에서는 희곡으로서의 무대적 특성 때문에 상층에서의 상황을 보고줄거리 형태로 축약하고 전에서 다루지 못한 하층에서의 상황을 무대 실연장면으로 만든 것으로 보인다. 두 작품이 동일한 작가에 의해 설계되지 않고는 이러한 대칭을 이루기 어렵다고 할 수 있다.

5) 두 작품에 드러나 있는 창작의도는 동일하다. 가난 때문에 늦도록 혼인하지 못한 백성들을 위해 베풀어진 조정의 정책을 홍보하고 이러한 은혜를 베푼 임금의 자애로운 성덕을 찬양하는 데에 두 작품의 창작 의도가 있다. <김신부부전>과 <동상기>가 동일한 작가의 작품이라는 사실이 여기서도 입증된다.

인물 설정이나 사건 다루기에서의 긴밀한 대칭관계, 그리고 창작 의도의 일치를 통해 볼 때, <동상기>의 작가는 이덕무임에 틀림없다. 이 두 작품은 동일한 제재를 토대로 삼아 각기 장르를 달리하는 작품으로 거의 동시에 창작되었을 것이다. 따라서 <동상기>는 <김신부부전>을 각색하여 희곡화하였을 것이라는 기존 연구들은 수정되어야 한다. 이 두 작품은 동일한 사건을 제재로 삼아, 한 사람의 작가에 의해 하나는 전으로 하나는 희곡으로 동시에 창작되었던 것이다.

II. <東廂記>의 중국희곡 수용과 변용 방식

1. 서 론

<東廂記>는 1791년에 이덕무에 의해 창작된 한문희곡으로, 한국 최초의 기록희곡이다. 한문희곡으로는 이 작품 외에 1914년에 이종린이 창작한 <滿江紅>이라는 작품이 한 편 더 있다. 이들 두 작품 외의 한문희곡 자료는 현재까지 더 이상 발견되지 않고 있다. 이런 상황에서, 이들 두 작품이 한문희곡의 전부라고 속단하거나, 상당한 작품들이 창작되기는 했을 것이라고 단언하기도 어렵다. 이에 따라, 지금으로서는 한문희곡이 한국희곡문학사에서 하나의 극양식으로서 정착되지는 못했다고 볼 수 있다.

그러나 <동상기>의 출현은 한국희곡문학사에서 매우 소중하게 다루어야 할 문제이다. 최초의 기록희곡이 나타났다는 점에서도 그러하지만, 중국의 극양식을 수용하고 변용하여 새로운 희곡쓰기를 시도했다는 점에서도 문학사적으로 주목할 만한 사실이기 때문이다.

<동상기>와 중국희곡, 특히 <西廂記>와의 관련양상을 비교하는

연구는 이미 상당히 많이 이루어졌다. <서상기>를 비롯한 중국희곡
과 <동상기>를 비교한 연구는 김학주의 「讀<東廂記>」[30]에서 시작
되었다. 이 연구를 통해 "<동상기>의 작가는 <서상기>를 비롯한 몇
가지의 희곡작품을 읽은 경험만을 가지고, 곡율이나 희곡에 대한 별
반 지식도 없이 이 작품을 쓴 것 같다."는 결론을 내리고 있다. 원나
라 雜劇의 기본적인 틀에서 벗어났다는 이유로 "희곡의 체제도 제대
로 못 갖춘 작품"이라고 결론짓고 있는 것이다. 김학주의 연구시각은
잡극 형식의 시대적 변용을 인정하지 않는 철저한 원칙주의에 고착
되어 있다. <서상기>의 창작원리와 미학적 성취도를 매우 치밀하게
연구했던 金聖嘆[31]의 第六才子書本 <서상기>를 妄改라고 할 만큼
정통 잡극의 형식에서 벗어나는 작품은 무조건 부정적인 시각으로
바라봄으로써, <동상기>의 형태미학적 특성이나 그 성과에는 전혀
관심을 두지 못한 것이 김학주의 한계이다.

김학주의 이러한 한계를 극복하고 <동상기>를 긍정적으로 이해하
고자 한 연구가 박선영에 의해 이루어졌다.[32] 박선영은 <동상기>의
형태적 특성에 대한 분석을 통해 "元 雜劇的인 골격에 明 傳奇的인
요소가 보이는"[33] 작품이라 결론짓고, 악곡 편성에 있어서도 비록 미
숙한 점은 있으나 잡극과 전기의 방식을 혼용하고 있다고 하면서 "작
가 나름대로의 의도를 지니고 궁조와 곡패를 사용한 것은 아닐까"[34]
라는 문제의식을 던졌다. 박선영의 연구시각은 <동상기>에 대한 이

---

30) 김학주, 「讀<東廂記>」, 『아세아연구』, 8권2호, 고려대 아세아문제연구소, 1965.
31) 傅曉航, 『中國戲曲理論史』(이용진 역), 중문, 1999, 287쪽~323쪽 참조.
32) 박선영, 「동상기」 연구, 이화여자대학교 석사논문, 1984,
33) 박선영, 앞의 논문, 48쪽.
34) 박선영, 앞의 논문, 52쪽.

해를 한층 깊게 했음에 틀림없다. 그러나 형태적인 특성이 보다 구체적으로 분석되지 못하고, 극의 내용과 악곡편성의 상관성을 밝혀내는 데까지 나아가지 못한 아쉬움이 있다.

주진영[35])과 김인순[36])은 <동상기>와 <서상기>를 비교한 결과를 토대로, 형식적인 측면에서 <동상기>는 <서상기>를 모방하고, 내용적인 측면에서 두 작품은 전혀 다른 작품이라는 결론을 얻어냈다. 이 연구는 두 작품의 부분적 일치를 재확인하였을 뿐 김학주의 연구에도 미치지 못하는 결과를 가져왔다.

윤일수[37])와 박유경[38])의 연구는 중국 전통극이 우리나라에 유입되어 읽혀진 상황을 검토하면서 <동상기> 창작의 내적 배경을 마련한 데에 큰 성과를 얻었다. 아울러, 형식적인 측면에서 그 동안의 연구 성과를 종합 정리하는 수고를 통해, <동상기>는 원 잡극과 명 전기의 양식을 뒤섞어 수용하고 있다는 박선영의 논의를 되풀이했다. 거듭된 논의에도 불구하고 <동상기>의 형식적 요소들을 이렇게 양분할 수 있는지의 문제는 재고할 필요가 있다.

이러한 선행 연구의 성과에 힘입어 <동상기>의 중국 전통극 수용양상이 상당히 밝혀졌음에는 틀림없다. 따라서 선행연구의 성과가 과소평가될 수는 없지만, 선행연구들은 일정한 한계를 지니고 있거나

---

35) 주진영, 「<동상기>와 <서상기>의 비교연구」, 공주사대 교육대학원, 석사논문, 1983.
36) 김인순, 「<동상기>와 <서상기>의 비교연구」, 성신여자대학교 대학원 석사논문, 1990.
37) 윤일수, 「한문희곡 <東廂記>의 중국극 수용 양상」, 『영남어문학』, 제32호, 1997.
38) 박유경, 「<동상기>의 형성과 희곡적 특성」, 부산대 국문학과 석사논문, 2000.

다소의 오류를 범하고 있을 뿐 아니라, 해결하지 못한 문제도 적지 않다. <동상기> 연구에 있어서 아직 남겨진 과제들을 제시하면 다음과 같다.

첫째, 중국 전통극 양식의 시대적 변화를 인정하고, 원 잡극의 양식적 원칙에 비추어서 <동상기>를 바라보려는 고착된 시각에서 벗어나야 한다.

둘째, 중국의 다양한 전통극 양식에 대한 보다 구체적이고 정확한 인식을 바탕으로, 그 수용과 변용이 어떻게 이루어졌는지를 살펴야 할 것이다.

셋째, <동상기>의 작가는 중국 전통극의 악곡 편성 원칙에 무지하였는지, 아니면 그런 원칙주의적 원리를 의도적으로 무시한 것인지의 문제를 천착해 볼 필요가 있다.

넷째, <서상기>와의 관계에 대해서는, 무엇이 같고 다른가에 주목하기보다는 무엇을 위하여 왜 어떻게 새로이 쓰고 있는가에 주목하여 재고해 보아야 할 것이다.

이 연구는 이와 같은 문제 제기를 통해 <동상기>가 중국의 전통극을 어떻게 수용하고 왜 변용하는가의 문제에 초점을 두고, <동상기>와 중국 전통극의 관련성을 살펴보려고 한다. 그렇게 할 때, 김학주의 연구에서 드러난 편견, 박선영이나 윤일수 및 박유경의 연구에서 드러난 불충분성이나 오류를 보완·수정하고 보다 객관적이고 전진적인 연구를 수행할 수 있을 것이라 생각한다. 다시 말하자면, 이 연구에서는 <동상기>와 중국희곡, 즉 元代 북방 희곡인 雜劇과 남방 희곡인 戲文, 明代의 희곡인 傳奇, 그리고 <서상기>와의 상관관계를 보다 정밀하게 따져보면서, <동상기>가 창작되는 과정에서 중국의 다양한 전통극 가운데 무엇을 어떻게 수용하고 왜 변용하고 있는가를 밝혀보려고 한다. 상관관계는 극의 양식적 체제, 악곡 편성, 극의 내용으로 나누어 고찰할 것이다.

2. 양식적 체제의 종합적 수용

2.1. 다양한 형식의 혼용

2.1.1. 正目과 題目正名

<동상기>는 작품명 아래에 正目이란 것을 붙여놓고 있다. 정목은 잡극의 題目正名과 동일한 것이다. 잡극에서는 제목정명을 일반적으로 작품의 마지막에 붙이는데, <동상기>에서는 이것을 작품의 서두에 두고, 작품의 내용을 남북서동 네 방위에서의 상황으로 나누어 모두 4줄로 표현하고 있다. 이런 방식은 우리나라에서 가장 많이 읽혔던, 金聖歎의 第六才子書 <西廂記> 맨 첫머리에 놓여있는 제목정명을 수용한 것[39]으로 보인다. 그러나 <동상기>에서는 제목정명이라 하지 않고 正目이라고 이름 붙였다. 이는 명나라 중엽 이후에 새로 나온 잡극의 사례를 따랐다고 볼 수 있다.[40]

제목정명에서 글자의 수나 구의 수는 고정적이지 않고 유동적이다. 제목정명은 2구 또는 4구의 對句로 되어 있다. 각 구의 글자수도 6言이거나 7言, 또는 8言으로 통일되어 있다. <동상기>의 정목은 7언 4구 형식으로 되어 있다.

---

39) 김학주, 앞의 논문, 앞의 책, 178쪽.
40) 김학주, 앞의 논문, 앞의 책, 177쪽.

窮措大南洞竊歎[41]
老處女北闕徹聞
諸尙書西城主婚
好夫婦東床感恩

가난한 서생은 남동에서 가만히 탄식하고,
노처녀는 북궐에 소문이 자자하구나.
여러 재상이 서성에서 혼사를 주관하고,
아름다운 부부는 동상에서 은혜에 감사한다.

　제목정명의 각 구는 작품 각 절의 줄거리를 요약한다. 이 제목정명을 극장의 무대, 즉 勾欄 앞에 써 붙여 놓음으로써 극의 줄거리를 관객들에게 미리 제시하여 이해를 돕는 구실도 하면서 광고의 기능을 하게 된다. 작품의 제목도 일반적으로 정명의 끝머리 서너 자를 따서 붙인다. 이런 원칙을 고려할 때, '東廂記' 또는 '東床記'라고 해야 잡극의 창작원리에 가장 충실한 작품명을 붙였다고 할 수 있다.

2.1.2. 막의 구성

　<동상기>는 一本四折로 구성되어 있다. 折은 현대 연극의 막에 해당하는 것으로, 이야기의 분절단위이면서 또한 음악적 분절단위이다. 그러므로 하나의 절이 끝남으로써 宮調도 바뀌고 하나의 이야기 단위도 종결되어 새로운 음악과 새로운 사건단계로 전환하게 된다. <동상기>에서 막에 해당하는 용어로 원나라 남방 희곡인 戱文이나 명나라 때의 희곡인 傳奇에서 사용하던 용어인 齣이나 出을 사용하

---

41) 작품 인용은 모두 한국정신문화연구원본에 근거하므로, 인용할 때마다 서지적 출처를 일일이 밝히지 않는다.

지 않고 折이란 용어를 사용한 것으로 보아, 원나라 북방 희곡인 雜
劇의 체제를 형식적 근간으로 삼고 있음을 알 수 있다.

극본의 인물이나 사건이 복잡하여 1본4절로는 부족할 경우, 네 개
의 절을 거듭해서 늘려갈 수 있다. 또한, 한두 개의 支曲을 사용하는
楔子를 덧붙이기도 한다. 쐐기라는 뜻의 설자는 극의 제1절 첫머리나
경우에 따라서는 절과 절 사이에 한 개 또는 두 개를 설정할 수도 있
다.42) 설자에서는 일반적으로 극의 전개 상황 설명, 인물 소개, 배경
설명을 하면서 사건을 연결시키는 구실을 한다. 그런데 <동상기>에
서는 이와 같은 설자를 따로 설정하지 않았다.

<동상기> 전4막의 사건과 극중인물을 정리하여 제시해 보면 다음
과 같다.

---

42) 김정규, 『中國戲曲總論』, 명지대학교 출판부, 2002, 288쪽 참조.

막	사 건	인물
제1절	김희집이 가난으로 혼인하지 못한 신세를 한탄함	김희집
	동네 임장이 찾아와 조정에서 노총각의 혼인을 돕는다는 한성부의 공문을 전하면서 김희집의 신상을 조사해 감	김희집, 동네임장
제2절	오부의 서원들이, 임금의 교지를 받든 한성부의 지시에 따라 노총각 노처녀의 명단을 한성부 판윤에게 보고하여 이들을 혼인시킨 사실을 설명하고 임금의 치적과 성덕을 칭송함	경성 오부의 서리들(吏大, 小)
	오부의 서원들이 조정의 권혼정책으로 혼인을 마친 이들의 명단을 작성하던 중 조정의 도움을 받고도 파혼 당해 아직 혼인하지 못한 김희집과 신씨녀를 찾아냄	
제3절	호조와 선혜청 서리가, 왕명을 받들어 호조 판서와 선혜청 당상관 주관으로 김희집과 신씨녀의 혼인을 하게 되었다는 사실을 전달하고 이들의 혼인잔치를 준비하며 성덕을 칭송함	호조 서리, 선혜청 서리
제4절	동네 청년들이 '새신랑 다루기'(동상례)를 함	三生(大,二,三), 어린 계집종(小孩), 김희집

제1절과 제2절은 다시 두 개의 장면으로 나누어진다. 장면을 구분하는 형식적 명칭은 없다. 제1절에서 제4절에 이르는 사건들은 하나의 이야기로 단순한 계기적 구성을 취하고 있다. 늦도록 결혼을 하지 못한 주인공 김희집이 임금의 정책적 배려로 신씨 처녀와 혼인하게 되는 과정을 시간적 순서에 따라 배열하고 있는 것이다. 주인공 김희집이 국가의 권혼정책에 의해 약혼을 하였으나 파혼당하는 신세가 되었고, 혜택을 입은 사람들의 명단을 작성하던 중 이 사실이 밝혀져,

다시 같은 처지에 있던 신씨처녀와 김희집의 혼인을 주선하여 결혼시키게 된 이야기가 펼쳐진다.

제1절과 제4절은 주인공 김희집을 중심으로 하는 극화된 장면으로 구성되어 있고, 주인공의 결핍상황이 임금의 은혜를 입어 충족상황으로 바뀌어 가는 과정을 그려주고 있음을 알 수 있다. 제2절과 제3절에서는 관리들이 등장하여 권혼정책을 시행하는 과정을 보고하고, 그런 가운데 파혼 당한 김희집과 신씨녀의 혼인을 주선하면서, 임금의 성덕을 칭송하는 데에 상당한 비중을 두게 된다. 따라서 <동상기>는 정조의 권혼정책과 그 성과를 선전하는 일종의 목적극적 성격을 지닌 희곡임을 알 수 있다.

2.1.3. 下場詩

<동상기>의 마지막에는 7언8구체의 시가 붙어있다. 이런 시를 '下場詩'라고 일컫는데, 명 전기에서는 대부분 이 하장시가 붙어 있다. 원 잡극에서는 작품의 마지막에 이런 시를 붙이는 경우가 흔하지 않다. 그러나 明 弘治 十一年刊 金臺岳氏家刻本 <서상기>에는 붙어 있다.[43]

이상에서 살펴 본 바, 正目을 붙이는 데서는 김성탄의 제6재자서 본 <서상기> 및 명나라 중엽 이후의 변모된 잡극형식을, 막의 구성에서는 전통적인 잡극형식을, 하장시 붙이기는 金臺岳氏家刻本 <서상기> 및 명나라 전기형식을 수용하고 있음을 알 수 있다. 따라서

---

43) 김학주, 앞의 논문, 앞의 책, 178쪽.

<동상기>의 형식적 체제가 <서상기>, 특히 우리나라에 유입되어 가장 많이 읽혔던 김성탄의 <서상기>에 전적으로 의존하고 있는 것은 아니다. <서상기>를 비롯한 원나라 북방의 희곡인 잡극의 형식을 대체로 따르고 있지만, 명나라 중엽 이후의 변모된 잡극이나 명나라 희곡인 전기의 형식을 수용한 부분도 보인다. <동상기>가 창작될 당시에는 <서상기>를 비롯한 원 잡극과 <五倫全備記>나 <牡丹亭記> 같은 명 전기가 상당히 많이 유입되어 읽혔다는 사실[44]을 감안해 볼 때, 이덕무는 중국의 다양한 전통극을 두루 읽고[45], 여러 양식을 혼용하여 <동상기>를 창작한 듯하다. <동상기>의 형식적 체제는 여러 양식의 중국 희곡에서 얻은 경험이 작가의 글쓰기에 침투하게 된 결과로 보아야 할 것이다. 그러므로 특정한 희곡양식에 충실하지 않았다는 이유로, "중국 고극의 특징은 이해하지 못하고 서상기를 교본으로 삼아 잡극을 판소리 정도로 알고 작품을 쓴 것 같다."[46]는 평가에서 이제 벗어날 필요가 있다.

---

44) 원 잡극 <서상기>에 대한 언급은 1611년에 저술된 허균의 『惺所覆瓿藁』, 박지원의 「망양록」 등에 나타나고, 명 전기 <오륜전비기>는 1692년 사역원에서 언해작업에 들어갔다. 중국극의 유입에 대해서는 윤일수의 앞의 논문(앞의 책, 258~262쪽)과 박유경의 「<동상기>의 형성과 희곡적 특성」(부산대 국문학과 석사논문, 2000, 30~40쪽)을 참고할 수 있다.
45) 이덕무는 원 잡극 <서상기>는 물론이고 명 전기 <五倫全備記>나 <牡丹亭記> 등을 읽었고 연경에 가서는 연극도 관람하였으며, 당시의 희곡체제에 대하여 매우 잘 인식하고 있었다. 「박제가에게 보내는 편지」, 「耳目口心書」, 「李墨莊 鼎元에게」, 「入燕記」 (『국역 청장관전서』 Ⅳ권(민족문화추진회, 1979) 참조.
46) 김학주, 앞의 논문, 앞의 책, 179쪽.

2.2. 극중인물의 개체화

중국의 연극에서는 일정한 성격유형을 가지는 연기양식에 따라 인물이 몇 가지 부류로 규범화되어 있다. 이런 유형과 양식에 따른 배역을 角色行當, 角色, 家門(崑曲에서)으로 부르며, 통칭 行當이라 부른다.47) 중국 연극에서 인물의 유형화의 기원은 唐代까지 거슬러 올라가며 宋·元 시대를 거쳐 淸代 초엽이후에 성숙된다. 항당의 명칭은 여러 차례 바뀌고, 그 내용과 표현형태도 복잡다단한 분화와 융합의 변화를 거친다.48)

배역의 체제는 크게 生, 旦, 淨, 丑의 네 유형으로 정착되었는데, 生은 남자 주연, 旦은 여자 주연으로 노래를 부르는 배역을 담당한다. 남자 주연을 正末 혹은 末泥이라고도 부르며, 여자 주연을 正旦이라 부르기도 한다. 배역의 나이·신분·역할에 따라서 남자 역은 副末·沖末·外末·小末 등으로, 여자 역은 副旦·貼旦·外旦·小旦·大旦·老旦·花旦·色旦 등으로 세분된다. 丑은 해학적인 인물로서, 선량하거나 간악비열한 경우도 있다. 淨은 강직하고 독특한 개성을 지닌 인물로서, 악역을 하는 인물로 형상화되거나 축과 더불어 골계를 연출하기도 한다.49) 성격 유형과 연기 규칙에 따라 배우의 역할이 분업화되어 있는 것이다. 인물마다 손동작이나 눈의 놀림, 걸음걸이와 몸의 자세 등 감정이나 상황에 따라 유형화된 일정한 연기규칙을 특징화함으로써 연기의 전문화를 꾀할 수 있다. 인물의 유형화는 의상이나 분장을 통해서 더욱 선명하게 표현된다. 연기의 규격화는 현실

---

47) 김정규, 앞의 책, 288~299쪽.
48) 김정규, 앞의 책, 299쪽.
49) 신지영, 『중국전통극의 이해』, 범우사, 2002, 66쪽 참조.

생활을 사실적으로 보여주고자 하는 것이 아니라 현실의 상황과 의미를 상징화하여 보여주고자 하는 것이다. 극중인물을 몇 가지의 유형으로 나누어 각각의 배우가 분담 연기를 함으로써 연기술의 전문성을 획득할 수는 있다. 그러나 다양한 개성을 지닌 인물들의 성격을 드러내는 데는 한계를 지니게 마련이다.

<동상기>에서는 김희집, 오부 서원, 호조 서리 등 각 절의 남자 주연은 설정되어 있으나, 여자 주연은 존재하지 않는다. 동네 임장이나 청년들은 극을 해학적 분위기로 이끌어가는 인물이므로 丑의 유형에 해당한다고 할 수 있다. 그런데 <동상기>에서는 金, 吏, 大, 小, 二, 三 등 인물들의 개별적 호칭을 붙이고 있다. 극중인물의 이러한 개체화는 창 방식의 변화도 가져오고 있다. 잡극 공연에서 노래는 正末(남자주인공) 또는 正旦(여주인공) 중의 한 배우에 의한 독창으로 불려진다.50) 남녀 주인공이 동시에 등장할 때에도 어느 한 쪽만이 노래를 부른다. 기타 인물은 대사만 하고 노래는 부르지 않는다. 그러나 <동상기>는 잡극의 이러한 一人主唱方式을 따르지 않는다. 제2절과 제3절에서는 각 절의 줄거리를 이끌어가는 인물인 관리도 노래하는 것으로 되어 있다. 주인공만이 극 전반에 걸쳐 노래할 수 있도록 하는 원칙에서 벗어나서 모든 배우가 노래할 수 있도록 허용하고 있는 것이다. 이런 방식은 명 전기의 수용51)이라고 할 수도 있고, 원나라 남방 희곡인 戲文의 수용이라고 볼 수도 있으며, 김성탄의 <서상기>에서 장생, 부인, 홍랑 등의 호칭을 사용하고 있음에서 영향 받은 것52)으로 추단할 수도 있다. 어떻든 이런 변용은 잡극이 지닌 一人說唱文

---

50) 김정규, 앞의 책, 289쪽.
51) 윤일수, 앞의 논문, 271쪽.
52) 김학주, 앞의 논문, 앞의 책, 179쪽.

學的 단조로움에서 벗어나고자 한 작가의 의도를 반영한 것이라 보아야 할 것이다.

2.3. 희곡어 활용의 독특성

<동상기>는 희곡의 기본적인 언어형식인 대사와 지문, 그리고 노래로 이루어져 있다. 즉, 노래인 唱과 대사에 해당하는 白, 그리고 지시문에 해당하는 科53)를 갖추고 있다. 잡극에서는 판소리와 마찬가지로 창이 주된 요소이고, 백이나 과는 부수적인 요소이다.

희곡은 공연하기 위한 행동의 문학이므로, 무대 위에서의 행위를 지시하는 科의 존재는 희곡의 가장 기본적인 특성이다. <동상기>에 나타나는 지시문을 순서대로 정리하면 다음과 같다.

> 제1절 : 上 (등장한다.)
> 　　　唱 (노래한다.)
> 　　　歎科 (탄식한다.)
> 　　　嘆科 (한숨쉰다.)
> 　　　嘆科 (한숨쉰다.)
> 　　　出門瞧科 (문으로 나가본다.)
> 　　　作受名帖去科 (이름을 적은 책을 받아간다.)
> 　　　下 (퇴장한다.)
> 제2절 : 上 (등장한다.)
> 　　　作瞧冊科 (책을 본다.)
> 　　　作繙冊科 (책을 뒤적인다.)
> 　　　幷下 (함께 퇴장한다.)

---

53) 북방의 잡극에서는 지시문을 科라고 하였고, 남방의 戲文에서는 介라고 하였다. 김정규, 앞의 책, 296쪽.

제3절 : 上 (등장한다.)

제4절 : 三生率小奚上 (세 명의 청년이 어린 계집종을 데리고
　　　　등장한다.)

作到門科 (대문에 이르러)

金出來相見科 (김도령이 나와서 상견한다.)

笑科 (웃는다.)

大唱喏科 (크게 '예'하고 소리친다.)

奪帶作套鋪金前科 (허리띠를 빼앗아 오랏줄을 만들어
김도령 앞에 펴 놓으며)

作不得已納足科 (부득이 발을 들여 놓는다.)

二肩帶背立科 (청년2가 띠를 어깨에 메고 돌아선다.)

捧砧子科 (방망이를 바친다.)

打科 (때린다.)

笑科 (웃는다.)

打科 (때린다.)

笑科 (웃는다.)

衆大笑科 (모두 크게 웃는다.)

打科 (때린다.)

大笑不言科 (크게 웃고 말하지 않는다.)

擲砧子科 (방망이를 던진다.)

解帶放下科 (띠를 풀고 내려놓는다.)

起坐科 (일어나 앉는다.)

進酒餚科 (술과 안주를 내어온다.)

飮科 (마신다.)

飮科 (마신다.)

飮科 (마신다.)

醉科 (취한다.)

衆醉科 (모두 취한다.)

起舞科 (일어나 춤춘다.)

唱科 (노래한다.)

衆遶場走下 (모두 마당을 돌며 내닫다가 퇴장한다.)

보는 바와 같이, <동상기>에서는 많은 지시문이 사용되고 있다. 이들은 모두 극중인물의 표정이나 동작을 설명하는 지시문들이다. 따라서 <동상기>의 작가는 중국 희곡 장르에 대한 인식을 충분히 하고 있었음을 알 수 있다.

<동상기>에서 唱은 중국희곡에서만큼 많지는 않다. 잡극에서 小令이라고 하는 노래사설에 '한국정신문화연구원본'에는 동그라미 방점을 찍어 구분하고 있다. 노래사설은 대부분 이미 제시된 극의 내용을 서정적으로 압축하여 다시 풀어내는 기능을 한다.

白은 賓白이라고 부르기도 한다. 중국희곡에서는 창이 주인격인데 비해 백은 손님격이라는 의미에서 이렇게 불렀다. 대사는 운율을 갖춘 대사인 韻白과 일상적인 대사인 散白으로 일단 나눌 수 있다. 대사를 기능에 따라서 나누면, 자신을 소개하는 定場白, 생각을 드러내는 獨白, 인물과 인물 사이이 대화인 對白, 극중인물은 듣지 못한다고 가정하고 관중을 향해서 전달하는 背白, 배우가 노래를 하는 사이에 몇 마디 짧은 말을 끼워서 하는 帶白 등으로 나누어진다.

<동상기> 제1절은 주인공 김희집이 자신을 소개하는 정장백, 장가들지 못하고 있는 신세 한탄조의 독백, 관객을 향해 자신의 처지와 들은 이야기를 보고하는 방식의 사설, 노총각 신상명세를 작성하러 온 동네임장과의 對白으로 이루어져 있다. 그리고 중간에 산발적으로 모두 일곱 곡의 창이 들어 있다. 제2절에서는 오부의 서원이 등장하여 짧게 정창백을 한 뒤에 임금의 성덕, 특히 노총각 노처녀의 권혼 정책을 찬양하는 서사적 보고형식의 사설을 관객에게 늘어놓는다. 이

어서 두 서원이 권혼 대상 명부에서 아직 혼사를 이루지 못한 김희집과 신씨처녀를 찾아내어 이들의 혼사가 이루어지지 못한 경위에 대해 이야기를 나누는 對白, 즉 대화 장면이 구성되어 있다. 창은 모두 네 곡으로 짜여져 있다. 제3절에서는 호조서리와 선혜청 서리가 등장하여 간소하게 정장백을 하고 나서, 조정에서 김희집과 신씨처녀의 결혼을 주선한 경위를 관객들에게 전달하고 신랑신부의 혼사 광경, 옷차림새, 신방 모습, 잔치음식 등을 세세하게 보고하는 사설로만 이루어져 있다. 창은 일곱 곡으로 구성되어 있다. 제4절은 세 명의 동네 총각과 김희집이 등장하여 벌이는 신랑다루기 장면을 생동감 있게 보여주는 對白만으로 짜여져 있고, 이 장면에서는 모두 여섯 곡의 창이 불리어진다.

　<동상기>에서 방백에 해당하는 背白이나 판소리의 추임새격인 帶白은 전혀 활용하지 않았으나, 다른 대사 형식은 골고루 활용하고 있음을 알 수 있다. 그 가운데서 창보다는 對白과 보고적 사설을 비중 있게 활용한다. 중국 희곡이 백(대사)보다는 창(노래)에 중점을 두었다면, 이와는 반대로 <동상기>에서는 창보다는 백에 비중을 두고 있는 것이다. 이런 점에서는 <동상기>는 1인 설창문학의 서사 지향적 성격에서 가급적 벗어나, 행동의 재현과 사실의 보고적 전달에 치중하는 특징을 지닌다. 대화장면을 많이 활용함으로써 극적 긴장을 확대시키고자 하였고, 압축하여 장면화할 수 없는 사실들은 판소리의 아니리에서처럼 보고적 사설을 통해 전달하고자 하였던 것이다. <동상기>가 지닌 희곡어의 이러한 특성을 희곡의 3요소인 "唱・科・白의 입체적인 구성의 결여"54)로 보기보다는 중국희곡을 바탕으로 하

---

54) 김학주, 앞의 논문, 앞의 책, 177쪽.

되 중국희곡과는 달리 새로운 형식을 만들어가려 한 창조적 변용으로 보아야 할 것이다.

3. 독자적 악곡 편성의 시도

원나라 시대 잡극의 음악은 端正好·新水令 등과 같은 간단한 곡조, 즉 曲牌를 가장 기본적인 단위로 삼고 있으며, 이 개개의 곡패에 맞추어 지어진 가사를 小令이라 한다.[55] 곡패들을 자유롭게 결합하는 것이 아니라, 동일한 宮調[56]에 속하는 것들끼리 일정한 방식에 따라 하나의 완전한 악곡으로 편성한다. 이러한 편곡을 套曲(divertimento) 또는 曲牌聯套라 하며, 그 편곡 원칙을 '一折一套曲' 또는 '曲牌聯套制'라고 한다.

원 잡극에 사용한 곡패는 『中原音譜』와 『太和正音譜』에 열거된 목록만도 375수나 되지만, 실제로는 6宮 11調를 사용하였다.[57] 궁조의 운용은 음악적 규범일 뿐 아니라, 극적인 구조에서도 중요한 의미를 갖는다.

<동상기>에서 운용되고 있는 곡패연투를 제시하면 다음과 같다.

第一折 : 賞花時, 後, 點絳脣, 混江龍(이상 仙呂宮), 金菊香(商調), 粉蝶

---

55) 김정규, 앞의 책, 306쪽.

56) 궁을 主音으로 삼는 악곡을 통괄하여 궁이라고 하고, 商·角·徵·羽 중의 하나를 주음으로 삼는 악곡을 통칭해서 조라고 한다. 김정규, 앞의 책, 309쪽 참조.

57) 김정규가 芝庵의 『唱論』을 근거로 궁조의 특성을 정리해 두어 편리하게 이용할 수 있다. 앞의 책, 309~311쪽 참조.

兒(中呂宮), 端正好[58](正宮)
　第一折 : 錦上花, 後, 鴛鴦煞, 後(이상 雙調)
　第三折 : 耍孩兒[59], 五煞, 四煞, 三煞, 二煞, 一煞, 收尾(이상 正宮)
　第四折 : 小梁州, 後(이상 正宮), 鵲踏枝(仙呂宮), 調笑令(越調), 天下樂
　　　　　(仙呂宮), 太平令(雙調)

　<동상기>의 투곡이나 곡패의 압운은 김성탄의 육재자서본 <서
상기>에 가장 많이 의존하고 있지만, 원 잡극 일반이 지닌 一折一
套曲의 원칙에서 상당히 벗어나 있는 것으로 드러났다.[60] 다시 말
하자면, <동상기>의 제1절과 제4절에서는 위에서 보는 바와 같이
한 折에 여러 개의 궁조를 사용하고 있다. 이런 이유로 <동상기>의
작가가 중국음악에 대하여 문외한이라고 평가[61]되기도 하였다. 그러
나 元의 戱文이나 明의 傳奇에서는 이러한 변화가 허용되었고, 원의
잡극에서도 궁조가 다르지만 유사한 분위기를 가지고 있는 곡패를
빌려 쓰는 借宮·轉宮의 방법을 이용하는 경우가 있었으며 이런 현
상은 후대에 내려오면서 점차 확대되었다[62]는 사실을 감안할 때, 남
희나 전기적 요소의 반영이라 이해할 수 있다. 이렇게 이해하더라도

---

58) 박선영과 윤일수는 선여궁으로 구분하고 있는데, 이는 잘못이다. 선여궁의
　　단정호는 설자곡으로만 쓰이며(김학주, 앞의 논문, 앞의 책, 179쪽), <揚州
　　夢>이나 <竇娥冤>등의 잡극에서 일반적으로 정궁으로 쓰인다. (鄧綏寗, 『중
　　국희극사』, 강계철 편역, 명지출판사, 1993, 95쪽; 김정규, 앞의 책, 312쪽 참
　　조)
59) 耍孩兒 이하는 정궁과 반섭조에 모두 사용되는데, 김학주는 <서상기> 제4
　　본3절 정궁투곡중에서 모방한 듯하다고 하였다. 김학주, 앞의 논문, 앞의 책,
　　181쪽. 김성탄의 제육재자서본 <서상기>에서는 반섭조로 되어 있다.
60) 김학주, 앞의 논문, 앞의 책, 180~182쪽 참조.
61) 김학주, 앞의 논문, 앞의 책, 180쪽.
62) 김정규, 앞의 책, 323쪽.

두세 개 이상의 곡패를 연결하여 연투하지 않고 한 궁조에 해당하는 곡패를 하나씩 사용한 제1, 4절의 연투방식은 중국희곡의 입장에서 보면 미숙한 점이라고 지적[63]되기도 한다.

그러나 <동상기>의 작가는 중국의 희곡을 그대로 모방하고자 한 것이 아니라, 중국 희곡의 형식적 체제를 바탕으로 나름대로 새로운 우리의 희곡을 창작하려고 하였다고 생각해 볼 수도 있다. 궁조의 변화가 극의 분위기나 인물의 감정곡선에 적합하고도 긴밀하게 관련지어져 있다면, 작가가 중국희곡의 악곡편성에 구애되지 않고 나름대로 상당한 고민을 하면서 악곡을 편성했다고 할 수 있을 것이다. 이런 가정 아래 <동상기>의 악곡 편성과 극의 분위기의 상관성을 살펴 볼 필요가 있다.

제1절의 시작부에서는 김희집이 가난 때문에 나이 들도록 장가들지 못하는 신세를 한탄하는 부분이다. 이 부분에서는 총 4곡의 노래를 한다. 세상에서 가장 가난하게 사는 외톨박이 벌거숭이라고 하면서 자신의 신세에 대비되는 봄의 정취를 원망하고, 열 너덧 살에 결혼한 총각들의 화려한 모습을 부러워한다. 이런 내용을 청신하면서도 면면히 울러 퍼지는 소리인 仙呂宮에 실어서 노래하도록 편곡하고 있다.[64]

중간부에서는 중매쟁이를 내세워 신부댁을 속이고 여든 살에 결혼한 돈 많은 상놈 이야기를 하면서, 그런 상놈도 장가드는 판국에 가난 때문에 장가들지 못하는 자신을 되돌아보며 주인공의 감정은 다

---

63) 박선영, 앞의 논문, 52쪽 참조.
64) 이곳까지의 악곡편성은 <서상기>의 설자와 제1절 시작부와 동일하다. 이를 근거로 삼아, 김학주는 <동상기>의 작가가 설자를 구분하지 못한 무식함을 드러냈다고 하였다.

소 격앙된다.

> [금국향金菊香]
> 반 환갑 백발노인이 다 되도록
> 좋은 짝을 아직도 만나지 못했구나.
> 어찌 아내 복이 이 모양으로 흉하던고.
> 마음에 생긴 불이 가슴을 태우고,
> 긴 탄식이 또 바람을 일으키네.

　내용으로 볼 때, 제1절 시작부의 노래들과는 분위기가 다르다. 앞서의 노래들은 주인공 자신의 신세를 한탄하면서도 대체로 차분한 정서를 드러낸다면, 이 노래에서는 원망 섞인 슬픔의 감정이 격앙되어 있다. 따라서 이 노래를 슬픔과 원모의 분위기를 자아내는 商調로 전환하여 부르는 것은 매우 타당하다. 이렇듯이 하나의 절 전체를 하나의 투곡으로 묶어 놓아 단조로움을 피할 수 없는 원 잡극의 일절일투곡의 원칙을 <동상기>의 작가는 파괴해 버리고 있다. 극적 분위기의 변화를 도모하고 있는 것이다.

　그 다음에 바로 이어지는 노래에서 주인공은 정신적 황폐함에 빠진 듯이 극도로 격앙된 분위기를 보여준다.

> [분접아粉蝶兒]
> 집 안을 둘러보니,
> 찬 이불에 뉘와 함께 꿈을 꾸며,
> 짧은 중의中衣를 뉘와 함께 꿰맬꼬.
> 방향 없는 상사병에 증세가 위중하네.
> 만약에 중매쟁이와 맞닥뜨리면

붉은 실 끊어 놓고 퍼렇게 멍들도록 치리라.

분접아는 中呂宮에 속하는 곡패이다. 중려궁은 높고 낮음이 뒤섞인 현란한 소리이다. 장가들지 못한 자신의 처지에 대한 한탄과 원망이 극도에 이르러 격분할 정도로 혼란한 상황에 빠져 있다. 높고 낮음이 뒤섞인 현란한 소리인 중려궁은 이러한 정신적 혼란함에 아주 적절히 어울리는 음악이라 아니할 수 없다.

이런 상황에서 자신의 신상명세를 조사하러 온 동네 임장으로부터 조정에서 혼인을 시켜 줄 것이라는 소식을 전해 듣는다. 제1절의 마지막 부분에 해당한다. 주인공의 심리적 갈등이 점차 고조되고 격화되었다가 반전되고 있는 부분이다.

[단정호端正好]
분부를 들으니 꿈과 같도다.
오늘 아침에 무슨 바람 불었는고.
문득 사주단자를 보낸 것 같아
이내 춘심 동하누나.

눈물이 쏟아질 정도로 기쁘기 한량없는 꿈같은 상황을 노래하고 있다. 이런 상황을 슬프고 웅장한 분위기인 正宮에 실어 노래한다. 노래가사와 음악의 분위기를 매우 적절하게 결합시켜 놓고 있음을 알 수 있다.

이처럼, <동상기>의 제1절은 주인공의 심리적 갈등의 변화에 따라 네 부분으로 나눌 수 있고, 이러한 극의 전개 분위기에 걸맞게 악곡 편성이 이루어지고 있음을 알 수 있다.

제2절의 극중상황은 크게 두 장면으로 나누어진다. 첫 장면은 오부의 서원들이, 임금의 교지를 받든 한성부의 지시에 따라 노총각 노처녀의 명단을 보고하여 이들을 혼인시킨 사실을 설명하고, 구체적인 사례를 들어가며 임금의 치적과 성덕을 찬양하면서 태평성대를 구가하는 상황이다. 두 번째 장면은 대화로 이루어져 있는 부분인데, 조정의 도움으로 혼인을 마친 이들의 명단을 작성하던 중 조정의 도움을 받고도 파혼당해 아직 혼인하지 못한 김희집과 신씨녀를 찾아내고, 이들에게도 조정에서 다시 혼인을 맺어줄 것이라고 확신하는 내용으로 이루어져 있다.

창은 두 번째 장면 사이사이에 불려진다. 雙調에 속하는 두 종류의 곡패에 4곡을 사용하고 있다. 錦上花와 鴛鴦煞이 그것이다. 쌍조는 민첩하고 심하게 간드러지는 분위기를 지닌 소리이다. 음악적 분위기와 극중상황이 잘 어울린다고 볼 수 있다.

금상화 곡패에 실어 부르는 가사는 부부인연을 점지하는 또 하나의 하늘이 있다면 자애로운 임금님이라고 찬양하고, 혼구를 갖추어 예식을 올리자는 내용이다. 또한 원앙살에 실어 부르는 노래는 김희집의 짝으로 신씨녀를 생각해 내어 그 가련한 처지를 노래하고 있지만, 분위기는 혼사를 성사시킬 수 있을 것이라는 기쁨으로 들떠있다. 이런 분위기는 간드러지는 듯한 경쾌함과 빠른 템포로 노래하는 것이 매우 적절할 것으로 보인다. 따라서 그 어떤 궁조보다 쌍조는 제2절의 악곡으로 잘 어울리는 궁조라 할 만하다.

제3절의 창은 정궁에 속하는 곡패인 耍孩兒 7곡에 收尾 1곡으로 구성되어 있다. 사해아는 원래 般涉調에 속하는 곡패인데, 正宮(슬프고 웅장한 소리)이나 中呂宮(높고 낮음이 뒤섞인 현란한 소리), 雙調

(민첩하고 심하게 간드러지는 소리)에도 이 곡패가 들어있다. 여기서
는 정궁으로 사용한 것으로 보인다.[65) 제3절에서는 호조와 선혜청 서
리가 등장하여, 호조 판서와 선혜청 당상관 주관으로 김희집과 신씨
녀의 혼인을 하게 되었다는 사실을 전달하고, 이들의 혼인잔치 준비
상황을 세세한 품목까지 들어가면서 성덕을 칭송한다. 조정의 도움으
로 허다한 노총각 노처녀들이 혼인을 하였는데도 불구하고 이들만이
파혼당한 채 혼인을 못하고 남아 있던 상황에서 이루어지는 혼인이
므로, 눈물겹도록 감동 벅찬 상황이 아닐 수 없다. 이러한 극중상황에
걸맞은 궁조는 슬프고 웅장한 소리인 정궁밖에 없다. 소령(노래가사)
의 내용도 모두 이런 분위기를 자아낸다.

[사해아要孩兒]
미인의 눈물 몇 번이나 예쁜 눈에 흘렀던고
총각 옷도 다 젖었으리.
하늘같은 풍성한 덕과 바다 같은 은혜로
이 혼인을 좋은 때로 정했으니
지난날엔 옷도 없고 밥도 없이 가난하였으나
이제야 신랑신부 호사好事스런 사람이로다.
친부모는 근심 걱정일랑 하지를 마소.

가난하고 한스러운 지난날의 형편과 임금의 성스러운 덕을 입어
혼인날이 정해져서 호사스러워진 지금의 형편을 대비시켜 노래하고
있다. 슬픔이 기쁨으로, 불행함이 행복함으로 반전된 상황을 드러내
는 것이다. 비장하고도 숭고한 이런 분위기는 여러 궁조 가운데 슬프

---

65) 김학주, 앞의 논문, 앞의 책, 181쪽.

면서도 웅장한 소리인 정궁의 분위기와 가장 걸맞다. 정궁에 싣지 않고는 표현해낼 수 없을 것이다. 극의 이런 분위기는 이어지는 곡패에서 구체적인 정황을 통해 계속된다. 번거롭지만, 나머지 부분을 살펴보면 다음과 같다.

[오살五煞]
전안례奠鴈禮를 할 때에 넘어지기 쉽고
말에 걸터앉을 때에 떨어져 다치기 쉬우며
심홍촉心紅燭 아래에서 다시 삼갈지어다.
생전 처음 공작병풍 두른 밤이요,
분에 넘친 부용장막 속의 봄이로다.
자세히 보아도 알기 무척 어렵네.
신선인가 귀신인가, 꿈인가 생시인가.

[사살四煞]
집이 가난하면 옷 또한 남루하고,
옷이 새것이면 사람 또한 새롭다오.
원래 저 사람은 풍채가 뛰어나서
도포를 입으니 단아한 모습 선비 같고
관대를 띠고 나니 옷맵시는 중신重臣처럼 휘황하네.
한 입으로 어찌 모두 말하리.
마땅히 장인 장모가 함지박처럼 입이 벌어져서
옷을 거꾸로 입고 두건을 떨어뜨리리라.

[삼살三煞]
새에게 날개와 깃이 없으면 빛나지 못하고,
아녀자에게 옷이 없으면 몸을 가릴 수 없도다.
마침내 비단옷과 화장품으로 단장하니

허술한 초가삼간 방안에는
비로소 붉은 깁 아홉 폭 치마 입은 미인이 있음을 알겠네.
할망구야, 묻지 마소.
한편으로는 비상한 팔자요
한편으로는 무한한 천은天恩일세.

[이살二煞]
베개를 베는데 처음에는 내 머리인가 의심하고
옷을 입는데 내 옷인가 의심하며
밥을 먹을 때에 내 밥주발인가 의아하리라.
모란 병풍인들 어찌 오늘 처음 보는 것이 아니랴.
금갑경은 평생에 들어보지도 못한 것이로다.
그대는 모름지기 알아야 할지어다.
이야말로 요지경 세계요, 그림 속 세상인 것을.

[일살一煞]
평생음식으로 죽과 밥만 알았는데
한 숟가락 맛보지 않아도 배부터 부르구나.
반 됫박 누런 밤은 신랑 소매에 들었고
석 잔 술, 붉은 실은 수모의 술동이에 들었도다.
마음껏 먹어 보세.
저렇게 큰 상은 평생 다시 못 받으리.

　　五煞에서는 전안례를 할 때의 상황으로 꿈인지 생시인지 분간하지 못할 황홀감을 노래하고 있다. 四煞에서는 신랑의 차림새를, 三煞에서는 신부의 차림새를 살피면서, 가난하고 남루했던 모습이 하루아침에 화려한 옷차림으로 바뀌게 된 경사로움을 노래하고 있다. 二煞에서는 현실인지 꿈인지 의아해 할 정도로 화려한 신방에서의 모습을,

然에서는 평소에 상상조차 할 수 없었던 풍성한 상차림을 노래하고 있다. 이와 같이, 혼인 이전의 궁핍했던 상황과 혼인 이후의 호사로운 상황을 대비적으로 표현한다. 슬프면서도 웅장한 정궁은 대조적 정서를 담아내기에 매우 적절한 궁조일 것이다.

제4절은 동네 청년 세 명이 찾아와서 '새신랑 다루기'를 하는 장면이다. 악곡으로는 정궁 또는 중려궁에 속하는[66] 小梁州 2곡, 선려궁에 속하는 鵲踏枝와 天下樂, 월조에 속하는 調笑令, 쌍조에 속하는 太平令 등 여러 궁조를 섞어 썼다.

　　　[소량주小梁州]
　　　차일 치고 병풍 두른 전안청에서
　　　배, 국궁, 흥
　　　내가 정성을 다해 재배하고 우리 조정을 향하여 머리를 조아
렸네.

　　　[후後]
　　　군이 이 밤을 지내야 자세히 알겠는가?
　　　다정함을 참지 못해 눈을 잠깐 돌리니
　　　정신이 아득하네.
　　　내가 장차 어떤 복력으로
　　　저 낭자를 엎드려 모시리.

앞의 가사에서는 전안례를 올린 정황을 뒤의 가사에서는 전안례에서 신부의 모습을 보면서 느낀 벅찬 감정을 노래했다. 노래가사에서

---

66) 김학주는 정궁에 속하는 곡패일 것이라고 하였다. 김학주, 앞의 논문, 같은 곳, 182쪽.

전안례의 장엄한 분위기는 느껴지나 슬픔의 분위기는 없다. 그렇다면 정궁이 어울리지 않는다고 생각할 수도 있다. 그러나 이 장면의 상황과 함께 고려할 때는 생각이 바뀐다. 거꾸로 매달린 상태에서 일종의 통과제의인 '신랑다루기' 놀이를 하고 있는 상황이다. 특히, 신랑의 발바닥을 매우 치고 난 후의 상황이다. 신랑은 일부러라도 고통스러워해야 한다. 고통스러워서 울부짖는 듯한 시늉을 해야 신랑다루기를 하는 사람이 홍이 난다. 그렇다면 극의 분위기는 슬프면서도 웅장한 정궁의 음악적 분위기와 어울린다.

선려궁에 속하는 다음의 노래가사를 보자. 전안례에서 권하는 합환주의 의미를 소재로 삼았다.

[작답지鵲踏枝]
한 잔 술로 오래 살고
두 잔 술에 출세하고
세 번째 잔은 세 아들을 낳으라는 뜻이라네.
이 말이 허망하지 않다면,
술잔째로 먹어치워 오래도록 취하고 깨어나지 않으리.

극의 상황은 신랑다루기를 마무리하는 막바지이다. 발바닥을 때리고 아프다며 고함을 쳐대는 상황은 지나갔다. 아직 거꾸로 매달려 있기는 해도 합환주 석 잔의 의미를 되새기며 노래하는 상황은 낭랑한 소리로 부르는 권주가의 분위기와 비슷하다. 그러므로 청신하면서도 면면히 울려 퍼지는 소리인 선려궁은 이러한 극의 분위기에 적절하다고 할 수 있다.

다음에 이어지는 곡패는 월조에 해당하는 조소령이다. 동네청년들

이 김희집에게 합궁절차를 자세히 말해 줄 것을 추궁하자, 신부가 신
방에 들어오는 모습을 노래하고 있다.

   [조소령調笑令]
   꽃가지 바람에 떠다님이요,
   구름 걷혀 청천명월 떠오름이고
   천상선녀 거울 앞에 앉은 것이며
   관음보살 신령으로 나타남일세.
   내 머리 들어 자세히 보니 얼굴이 생소치 않네.
   원래 아까 절한 내 낭자로세.

  동네청년들은 신부와의 첫날밤을 상상하며 신부와 합궁하기까지
의 세세한 상황을 듣고 싶어 하는 상황인데, 김희집은 그런 기대치와
는 어긋나게도 신부의 아름답고 맑은 자태와 범속하지 않는 고매한
모습을 노래하고 있다. 동네청년들의 요구사항을 비웃는 듯한 엉뚱한
응답으로 동네청년들과 다시 대립할 것 같은 긴장을 조성한다. 이러
한 극적 전개상황은 냉소적인 표현에 적합한 월조의 음악적 분위기
와 부합될 수 있다.
  이어지는 곡패, 천하악은 신랑다루기가 끝나고 둘러 앉아 술을 마
시고 취해서 일어나 춤을 추며 부르는 노래이다.

   [천하악天下樂]
   오늘 소신小臣이 한 잔 술로
   우리 임금님께 성심껏 축원하나이다.
   임금님 은혜를 평생토록 잊을 수 없습니다.
   땅은 망망하고 푸른 바다는 깊으며,

하늘은 높고 높고 붉은 해는 장구하니,
원컨대, 임금님께서는 만수무강하옵소서.

　임금의 은혜에 감사하며 만수무강을 축원하는 내용으로, 청신하면서도 면면히 울러 퍼지는 소리인 선려궁의 분위기보다 더 어울리는 궁조는 없을 듯하다.
　마지막 곡패는 쌍조에 속하는 태평령이다. 바로 앞의 노래가사 내용과 크게 다를 바 없는 반복이다. 그지없는 복을 내린 임금이 壽福康寧을 누리라고 축원하는 내용이기 때문이다.

[태평령太平令]
태자로부터 하급관리에 이르기까지
두 임금과 하늘이 그지없는 복을 내리시니
수복강령壽福康寧 누리소서.
노래가 네 번 거듭되니
별이 빛나고 바다는 온화하더라.
천세千歲를 축원하니
해가 떠오르고 달은 항구하다.
이로부터 만세萬世 태평하여
봄경치같이 빛나도다.

　흥에 겨워 춤을 추는 상황이 이어지다가 이 노래를 하고 '얼씨구나 절씨구나'를 외치면서, 마당 한 바퀴를 둘러 내달음질 치며 퇴장하는 장면이다. 극의 분위기를 템포 빠르게 한껏 고조시켜야 한다. 이런 상황에서 민첩하고 간드러지듯이 경쾌한 소리인 쌍조는 극의 분위기나 가사의 내용에 잘 부합하고 있는 것이다.

살펴본 바와 같이, <동상기>의 작가는 원 잡극의 '一折一套曲' 원칙을 따르지 않고 있다. 이는 원 잡극에 대해 무지하기 때문[67]이 아니라, 잡극의 음악적 전통을 무시하였기 때문이라 여겨진다. 원 잡극의 악곡편성원칙에 구애되지 않고, 극의 상황이나 분위기 전개에 걸맞은 악곡을 선택하여 편곡하였던 것이다. 작가는 원 잡극의 '1절1투곡' 원칙이 갖는 단조로움을 뛰어 넘어 나름대로의 미학적 구상을 통해 창의적인 악곡편성을 시도하고 있음에 틀림없다.

4. <西廂記> 내용의 패러디

<서상기>가 한 사람이 노래하며 이야기하는 설창문학에서 장르적 전환을 거쳐 잡극으로 재창작된 것은 1297~1307년 무렵 왕실보에 의해서이다.[68] 그러나 우리나라에 유입되어 많이 읽혔던 <서상기>는 金聖嘆의 改作本 第六才子書 <西廂記>이다. 근대에 와서 번역된 것들[69]도 모두 김성탄의 개작본이다.

<東廂記>는 작품명의 유사성 때문에 <서상기>를 모방하여 창작되었을 것이라는 전제 아래, 이 작품에 대한 그 동안의 연구가 두 작품의 상호관계를 밝히는 데에 집중되어 있었다. 그러나 두 작품의 유

---

67) 김학주, 앞의 논문 참조.
68) <서상기>의 재창작과정에 대해서는, 김정규의 앞의 책 216~220쪽에 명료하게 정리되어 있다.
69) 1913년 唯一書館, 1916년 匯東書館, 1923년 新舊書林 등에서 번역 출판된 구 활자본들도 모두 김성탄의 개작본을 대본으로 삼고 있다. 인천대학 민족문화연구소에서 발행한 『고전소설전집』 5권(1983), 민족문화사에서 발행한 『고전소설』 8권(1983)에 이 자료들이 영인되어 있어 활용할 수 있다.

사성을 밝히는 데에 치중한 결과 형태적 측면에서 <사상기>를 그대로 모방한 것은 아니며, 내용면에서도 무관하다는 결론에 이르렀다.

그러나 내용에 있어서도 <서상기>와 <동상기>는 상호텍스트로성70), 즉 상호대화성을 지니고 있을 것이라 추론할 수 있다. <동상기>의 작가 이덕무는 박제가에게 보낸 편지에서 "김인서(명말 김성탄의 별명)는 나쁜 사람이며 <서상기>는 나쁜 책"71)이라고까지 평가한 것으로 보아 이 작품을 틀림없이 읽었을 터이므로, 두 작품 사이의 상호관련성은 충분히 인정된다.

<서상기>와 <동상기>의 상호텍스트성을 밝히기 위해서는 이 두 작품의 무엇이 다르고 무엇이 같은가에 주목하기보다는, 무엇을 위해 왜, 어떻게 다시 쓰고 있는가에 주목해 보아야 한다. 이덕무가 <서상기>를 나쁜 책이라고 했으니, <서상기>를 비평적 거리72)에 두고 바라보면서 이에 대응되는 작품을 쓰고자 했을 것이다. 즉, <서상기>와 <동상기>는 패러디적 관계를 지니고 있을 것이다.

유사하면서도 상이한 작품명만 보아도 이러한 숨은 의도를 짐작할 수 있다. '西廂'은 서쪽에 붙어있는 곁채이고 '東廂'은 동쪽에 붙어있는 곁채이기 때문이다. 그런데 이들 작품명이 단순히 방향의 전도에 그치지 않는다. '서상'과 '동상'은 사건이 벌어지는 주된 무대이다. <서상기>의 주된 무대는 보구사의 서쪽 곁채로서 앵앵과 장생의 사랑이 이루어지는 공간이며, <동상기>의 주된 무대는 동쪽 곁채

---

70) 이 용어는 크리스테바에 의해 처음 사용되었는데, 텍스트 사이의 흡수, 변형 등의 텍스트적 관련을 말한다. J.Kristeva, *Revolusion in Poetic Language* (trans. M.Waller), New York:Columbia University Press, 1984, p.49.

71) 『간본 아정유고』 제7권에 수록된 <박제가에게 보내는 편지>에서 이렇게 말했다. 『국역 청장관전서』 Ⅳ권(민족문화추진회, 1979), 205쪽 참조.

72) 린다 허치언, 『패러디 이론』(김상구, 윤여복 옮김), 문예출판사, 1995, 15쪽.

인 신혼방으로서 김희집과 신씨녀의 혼인식의 하나인 신랑다루기 풍습이 벌어지는 곳이다. '서상'은 청춘남녀의 은밀한 사랑이 맺어지는 장소라면, '동상'은 공인된 혼인이 이루어지는 장소이다. 그러므로 작가는 '서상'을 부도덕한 공간으로 인식하면서, '동상'은 이에 대조되는 도덕적인 공간으로 설정하고 있는 셈이다.

내용에서도 두 작품은 유사성과 상이성을 가지고 있다. 두 작품 모두 남녀 주인공이 혼인에 이르는 과정을 그리고 있지만, 그 과정은 완전히 대조적이다. <서상기>는 유교사회에서 용납되지 않는 자유연애를 통한 결혼을 그리고 있는 데 대하여, <동상기>는 유교사회가 권장하는 합리적 중매 절차를 통한 결혼을 그리고 있기 때문이다. 이로 볼 때, 이덕무는 <동상기>를 창작하면서 <서상기>보다 높은 도덕적 권위를 가져야 한다는 자의식적 비평의식을 간직하고 있었음을 알 수 있다.

<서상기>의 앵앵과 장생은 중매의 절차 없이 보구사에서 우연히 만나 서로 사랑하게 된다. 장생은 앵앵을 강탈하려는 장비호를 물리치고 사랑을 지켜나가고, 앵앵은 문벌이 맞지 않는다며 장생과의 결혼을 허락하지 않는 어머니 최부인의 뜻을 거역하고 장생을 찾아가 부부관계를 맺고 마침내는 장생과의 결혼을 허락받는다. <서상기>의 남녀주인공은 유교적 관습으로는 용납될 수 없는 부도덕한 방법과 비정상적인 절차를 통해 결혼에 이르는 것이다. 이에 비해, <동상기>는 도덕적이고 정상적인 방법과 절차를 통해 결혼에 이르는 내용으로 이루어져 있다. <동상기>의 주인공인 김희집과 신씨 처녀는 왕명을 받아 유교적인 혼인절차에 어긋남이 없이 부부로서의 인연을 맺어나가기 때문이다. 다시 말하자면, <서상기>는 남녀주인공이 유

교적인 규범에서 벗어나서 자유연애라는 부도덕한 방법과 비정상적인 절차를 통해 결혼에 이르는 이야기라면, <동상기>는 임금의 권혼 정책으로 조정에서 혼사를 주관하고 유교적인 중매 절차를 통해 남녀주인공이 결혼하게 되는 이야기인 것이다.

이처럼 <동상기>는 <서상기>와 비평적 거리를 둔 반복으로서 유사성보다는 상이성을 더 강조한 작품이다. 임금의 명을 받아 조정관리가 주관이 되어 유교적인 혼인절차에 조금도 어긋남이 없이 결혼하게 되는 <동상기>는 부모에 의해 이미 정해진 혼처를 거부하고 스스로 사랑하는 이를 찾아가 부부관계를 맺는 앵앵과 장생의 사랑이야기인 <서상기>와 패러디적 관계에 놓여있는 것이다. <서상기>를 '나쁜 책'이라고 규정한 이덕무는 철저히 유교도덕적 입장에 서있는 독자이면서 작가이다. 작가는 <서상기>의 내용에 비판적이고 대응하는 자세를 지니고 이와는 상반된 작품인 <동상기>를 창작하였음에 틀림없다.

5. 결 론

이 논문에서는 <동상기>와 중국희곡, 즉 원나라 북방 희곡인 雜劇과 남방 희곡인 戲文, 명나라 희곡인 傳奇, 그리고 잡극 <서상기>와의 상관관계를 보다 정밀하게 따져보면서, <동상기>가 창작되는 과정에서 중국의 다양한 전통극 가운데 무엇을 어떻게 수용하고 왜 변용하고 있는가를 밝혀보려고 하였다. 상관관계는 극의 양식적 체제, 악곡 편성, 극의 내용으로 나누어 고찰해 보았다.

논의된 결과를 요약하여 제시하면 다음과 같다.

1) 형식적 체제에 있어서, <동상기>는 <서상기>를 비롯한 원나라 북방의 희곡인 잡극의 형식을 대체로 따르고 있지만, 명나라 중엽 이후의 변모된 잡극이나 명나라 전기의 형식도 상당히 수용하고 있다. 이덕무는 중국의 다양한 전통극을 두루 읽고, 여러 형식을 혼용하여 <동상기>를 창작한 듯하다. <동상기>의 형식적 체제는 여러 양식의 중국희곡에서 얻은 경험이 작가의 글쓰기에 침투하게 된 결과로 보아야 할 것이다.

2) 극중인물 설정에서 <동상기>에서는 金, 吏, 大, 小, 二, 三 등 인물들의 개별적 호칭을 붙이고 있다. 극중인물의 이러한 개별화에 따라 노래도 원 잡극의 一人說唱文學的 단조로움에서 벗어나 여러 인물이 모두 노래하도록 설정되어 있다. 이는 원 남방의 희문, 김성탄의 개작본 <서상기>, 명 전기 등에서 영향을 받은 것으로 추단할 수 있다.

3) 중국의 희곡어와 달리, <동상기>에서는 창(노래)보다는 對白(대화)과 보고형식의 서사적 사설을 비중 있게 활용한다. 이런 점에서 <동상기>는 1인설창문학의 서사 지향적 성격에서 가급적 벗어나, 행동의 재현과 사실의 보고적 전달에 치중하는 특징을 지닌다. 특히, 대화 장면을 많이 활용함으로써 극적 긴장을 확대시키고자 하였고, 압축하여 장면화할 수 없는 사실들은 판소리의 아니리에서처럼 보고적 사설을 통해 전달하고자 하였던 것이다.

4) 악곡편성에 있어서 <동상기>는 원 잡극의 '一折一套曲' 원칙을 따르지 않고 있다. 이러한 원칙의 무시는, '1절1투곡' 원칙이 갖는 단조로움을 뛰어 넘어 장면의 상황이나 분위기에 걸맞은 창의적인 악

곡편성을 시도하고 있음을 말해 주는 것이다.

5) <동상기>와 <서상기>의 상호대화성은 부정할 수 없다. 이덕무는 <서상기>를 비판적 입장에서 바라보면서, 이와는 정반대적 성격을 지닌 작품을 쓰고자 하였던 것으로 보인다. '서상'에 대한 '동상'이라는 작품명이 그러한 숨은 의도를 말해주고 있다. 더구나 작품의 내용에서도 두 작품의 패러디적 상관관계가 드러난다. <서상기>는 남녀주인공이 유교적인 규범에서 벗어나서 자유연애라는 부도덕한 방법과 비정상적인 절차를 통해 결혼에 이르는 이야기라면, <동상기>는 임금의 권혼정책으로 조정에서 혼사를 주관하고 유교적인 중매 절차를 통해 남녀주인공이 결혼하게 되는 이야기이다. 이로 보아, 이덕무는 '나쁜 책'이라고 규정한 <서상기>의 내용에 비판적으로 대응하는 자세를 지니고 <동상기>를 창작한 듯하다.

참고문헌

□ 資　料

<동상기>, 한국정신문화연구원본, 국립도서관본, 한남서림본, 가람본, 무천
　　　학술부,『최초의 한문 희곡 <동상기>(해설, 번역, 원본자료)』, 중문
　　　출판사, 1990.
<서상기>, 1913년 唯一書館, 1916년 匯東書館, 1923년 新舊書林 등에서 번역
　　　출판된 구활자본 ;『고전소설전집』5권, 인천대학 민족문화연구소,
　　　1983;『고전소설』8권, 민족문화사, 1983.
이규광,「先考府君遺事」,『국역 청장관전서』, 민족문화추진회, 1979.
이덕무,「박제가에게 보내는 편지」,「耳目口心書」,「李墨莊 鼎元에게」,「入燕
　　　記」,『국역 청장관전서』, 민족문화추진회, 1979.
『정조실록』, 권32권.
조만호,「<東廂記> 譯註」,『도남학보』제16집, 도남학회, 1997.

□ 論 著

경일남,「<동상기>의 극본적 실상과 희곡사적 가치」,『어문연구』제22집, 어
　　문연구회, 1991.
권순종,『한국 희곡의 지속과 변화』, 중문출판사, 1991.
김인순,「<동상기>와 <서상기>의 비교연구」, 성신여자대학교 대학원 석사
　　논문, 1990.
김정규,『中國戱曲總論』, 명지대학교 출판부, 2002.
김학주,「讀<東廂記>」,『아세아연구』 8권2호, 고려대 아세아문제연구소,
　　1965.
박선영,「동상기」 연구, 이화여자대학교 석사논문, 1984.
박유경,「<동상기>의 형성과 희곡적 특성」, 부산대 국문학과 석사논문,
　　2000.
손찬식,「<동상기>의 성립 배경과 작자문제」,『한국희곡문학사의 연구 V』,
　　중앙인문사, 2000.
──── ,「<동상기>와 <김신부부전>의 비교 고찰」,『한국희곡문학사의 연
　　구 V』, 중앙인문사, 2000.
신지영,『중국전통극의 이해』, 범우사, 2002.
심재숙,「<東廂記>의 형성과정과 주제의식」,『극예술연구』제4집, 한국극예
　　술학회, 1994.
여세주,「<동상기>와 <김신부부전>의 장르 전용」,『어문학』, 제64집, 한국
　　어문학회, 1998.
윤일수,「한문희곡 <東廂記>의 중국극 수용 양상」,『영남어문학』, 제32호,
　　1997.
──── ,『중국극의 한국 수용양상에 관한 연구』, 영남대 박사학위논문, 2001.
이동근,『朝鮮後期 <傳>文學硏究』, 태학사, 1991.
정옥자,『조선후기문화운동사』, 일조각, 1990.

조만호, 「<東廂記>考」, 『도남학보』, 제16집, 도남학회, 1997.

주진영, 「<동상기>와 <서상기>의 비교연구」, 공주사대 교육대학원, 1983.

鄧綏甯, 『中國戲劇史』(강계철 편역), 명지출판사, 1993.

린다 허치언, 『패러디 이론』(김상구, 윤여복 옮김), 문예출판사, 1995.

傅曉航, 『中國戲曲理論史』, 이용진 역, 중문출판사, 1999.

Bernhart Asmuth, 『드라마 분석론』(송전 옮김), 한남대학교 출판부, 1995.

J.Kristeva, *Revolusion in Poetic Language*(trans. M.Waller), New York : Columbia University Press, 1984.

제2부

〈동상기〉 번역

김신부부전金申夫婦傳

김희집은 본관이 경주인데 현감 사중의 서손庶孫이요, 신씨는 선비 덕빈의 서녀이다. 희집의 나이는 스물 여덟이고, 신씨 처녀의 나이는 스물 하나인데, 두 사람 모두 재주 있고 어질었지만 몹시 가난하여 다른 사람들이 이들과 혼인하려고 하지 않았다.

정조 15년[1] 봄 2월, 임금께서 가난한 백성들이 제 때에 결혼하지 못하는 것을 딱하게 여겨 한성漢城 5부에 칙령을 내려서 혼사를 치를 수 있도록 권장하였는데, 혼인 날짜를 멀리 잡은 이는 앞당기게 하되 관청에서 혼수로 돈 오백 냥과 포목 두 필을 보조하도록 하고, 달마다 보고하도록 하였다.

이 때에 희집은 심씨 처녀와 약혼하였고 신씨 처녀는 이씨 집안과 약혼하였으므로 관가로부터 혼수비용을 이미 받았으나, 아직 혼인하지 못하고 있었다.

---

1) 정조 15년은 서기 1791년이고 신해년임.

그해 오월 그믐날에 한성 판윤判尹 구익具翼[2]이 왕에게 아뢰었다.

　　5부의 사람들 중 가난해서 혼기를 놓친 사람들에게 이제는 모두 권하여 성혼시켰사옵니다. 오직, 서부에 사는 신덕빈의 경우에는 관청의 보조가 있었으나 혼구를 준비하기 어려울 뿐더러, 6월을 피하라는 점괘 때문에 결혼날짜를 초가을로 잡았사옵니다. 김희집의 경우에는 처음 약혼한 여자 쪽에서 신랑집과 문벌이 맞지 않은 것을 부끄럽게 여겨 딸을 시집보내지 않겠다고 하옵나이다.

6월 초이튿날에 임금님께서 다음과 같이 유시諭示를 내렸다.

　　내가 생각해 보니 한성 5부에는 노총각이 많더니 혼인을 권장하여 혼사를 치른 사람이 무려 백 수십 명인데, 오직 서부에 사는 두 사람만이 아직 결혼하지 못 하였으니 어찌 천화天和를 이끌어서 사물의 조화를 이루었다고 할 수 있겠는가? 일은 시작을 재빠르게 하는 것이 중요하고 정치는 마무리에 힘써야 할 것이니, 덕빈에게는 좋은 날은 다시 받으라고 권하고 희집에게는 빨리 좋은 배우자를 구하도록 해서 호조와 선혜청에서 각각 보조하되 그전보다 더 풍요롭게 하여 이 일이 잘 이루어지도록 하라.

이에 서부령西部令 이승훈[3]이 경조부京兆府로 달려왔다. 주부主簿 윤형[4]이 "소문에, 이씨 집안에서 신씨 처녀와 파혼하고 이미 다른 사람과 혼인을 했답니다."라고 하니, 승훈은 이 말을 듣고 깜짝 놀라 말

---

2) 자는 익지(翼之), 호는 용호(龍湖). 영조 신사년에 문과에 급제하여 삼사를 두루 거쳐서 벼슬이 병조판서에 이르렀음.
3) 李承薰의 자는 계경(繼卿)으로 본관은 평창. 1704년 진사시에 합격하여 1789년 평택현감을 지냄.
4) 尹瀅의 본관은 남원으로, 벼슬이 군수에 이르렀음.

하였다.

　　신씨 처녀의 혼기를 전에 정한 것보다 더 앞당길 수 없는가
살피라는 상감의 유시를 방금 받자왔는데, 어저께 아뢴 말과 이
토록 앞뒤가 어긋나게 되었으니, 그 책망이 돌아올 게 틀림없습
니다. 이일을 장차 어찌하면 좋겠소?

판윤 이하의 여러 사람들이 서로 쳐다보기만 하며 어찌할 바를 몰
랐다. 승훈이 이윽고 말하였다.

　　곰곰이 생각하면 희집은 상공을 지낸 집안의 후예고 신씨 처
녀는 이조참판의 후예니, 모두 훌륭한 가문의 사람들이고 나이가
서로 알맞게 가난한 것도 같아서 서로 처지가 비슷할 뿐 아니라,
상감께서도 한날한시에 그 성명을 아시게 됐으니, 이는 하늘이
정한 것입니다. 서로 통하게 하여 배필이 되게 하는 것이 어떻겠
습니까?

그 자리에 앉아 있던 모든 사람들이 무릎을 치면서, 매우 다행스럽
고 아름다운 일이라고 하였다. 구익이 드디어 서부령과 주부에게 양
가의 매파 노릇을 하도록 명령하였다.
그래서 승훈은 반석 마을에 있는 희집의 집으로 갔고, 윤영은 반송
리에 있는 덕빈의 집으로 갔다. 두 집 모두 사립문도 없을 뿐더러 처
마는 축 처졌으며 서까래는 드러나 하늘이 훤히 보일 정도였는데, 한
나절이 지났으나 부엌에서는 밥짓는 연기조차 나지 않았다.
손님과 주인이 땅바닥에 앉아 이야기를 건네었다. 승훈은 희집에
게 임금의 유시를 말하면서 신씨 처녀와 약혼하는 것이 좋을 것 같다

고 하니, 희집은 머리를 숙이고 한참 머뭇거리다가 이윽고 말했다.

제가 장가들지 못한 것은 가난한데다가 아버지가 없어서였는데, 다행히 심씨 집안에서 혼약을 허락하여 관청에서 내리는 보조금까지 받았습니다. 그런데 뜻밖에도 버림을 받고 말았습니다. 그래서 늙어 머리가 희어질 때까지 결혼하지 않겠다며 스스로 기약하였지만, 노모를 봉양할 수 없어서 마음이 슬펐습니다. 이제 가르치심을 받으니 위안이 되고 감사하지 않은 것은 아니나, 만일에 신씨 처녀 쪽에서 따르지 않는다면 제 팔자는 꼴사납게 될 것입니다.

형澄도 덕빈을 만나 승훈처럼 말하니, 덕빈이 근심스러운 듯 말하였다.

부모 된 처지에 딸자식의 혼인을 늦잡죄는 바람에 일이 이 지경에 이르렀습니다. 또한 약혼하였다가 남자 쪽에서 먼저 파혼하니 대저 누구의 허물이겠습니까? 은혜를 받음에 이르러, 임금의 유시가 정중하시고 돈과 장식을 넉넉히 베풀어주시며 대감마님들께옵서 수고로이 몸소 오셔서 중매까지 하시니 너무나 감격스럽고 부끄럽기 짝이 없습니다. 김군은 명가의 아들이니 어찌 감히 사위 삼기를 허락하지 않겠습니까?

승훈과 형澄이 크게 기뻐하며 서로 통보하였다. 승훈은 곧 한성부의 관리를 시켜서 덕빈에게 경첩5)을 전하고 택일하게 하니, 12일이 길일이었다. 드디어 신씨 처녀 집에서 한성부에 혼인날을 보고하고,

---

5) 혼인할 때, 주혼하는 자가 각기 배우자의 이름, 나이, 본관 등을 써서 교환하는 문서.

한성부에서 임금께 아뢰니, 임금께서 기뻐하시며 말씀하셨다.

　　한 지아비와 지어미가 서로 만나서 부부의 인연을 맺는 경우
는 고래로 수없이 많았지만, 김희집과 신씨 부부처럼 인연이 교
묘하게 들어맞는 경우는 없었느니, 가히 기쁘고 기이한 일이로다.

　　임금께서 호조판서 조정진[6]과 선혜청宣惠廳 당상堂上 이병모[7]에게
유시를 내렸다.

　　양가 혼례를 두 정승에게 부탁하니, 조판서는 희집을 자식처럼
여기고 이당상은 신씨 처녀를 딸처럼 여기시오. 또한 각기 양가
를 위하여 혼서를 대신 짓고, 옷감·관대·신발·비녀·가락지·
치마저고리·이부자리·쟁반·사발·소반·술그릇·약주와 탁
주·떡·휘장·병풍·자리·초·향·화장 경대·지분 등 자질구
레한 것들과 안장 없은 말에 마부를 호위하게 하는 등 의식을 치
를 수 있는 도구를 내어 주지 않는 것이 없도록 하여, 임금의 말
을 믿도록 마음을 다하여 준비하시오.

　　이어서, 내각검서內閣檢書 이덕무[8]에게 명령을 내렸다.

　　이처럼 기이한 일에 아름다운 전傳이 없을 수 있으리오. 그대

---

6) 자는 사수(士受)이며 본관은 풍양. 정조 정유년 문과에 급제하여 삼사를 두루
　 거쳤음.
7) 자는 이칙(彛則), 호는 정수재(靜修齋) 본관은 덕수, 영조 계사년에 진사급제
　 하여 부제학, 병조, 호조판서을 지내고 영의정에 이르렀음. 시호는 문숙(文
　 肅).
8) 자는 무관(懋官), 호는 아점, 본관은 전주. 정조 기해년에 검서관에 배임되고
　 현감을 지냄. 박제가 유득공, 서이수와 함께 사검서(四檢書)라 하였음.

는 김신金申 부부를 위하여 한 통의 전을 써서 올리시오.9)

열 이튿날10) 새벽 닭이 울자 희집은 붉은 비단과 푸른 명주 각 한 필을 말아서 청실 홍실로 가로세로 묶어서 옻칠한 나무함에 넣고, 금실로 만든 자물쇠를 붙이고 붉은 보자기의 네 귀를 모아 묶었다. 그리고 '근봉'이라고 써서 신씨 처녀의 집에 보냈다.

그 혼서11)는 다음과 같다.

태평시대를 맞아 이남二南의 교화를 베풀어,12) 필부필부가 길일에 백년가약을 맺고 화목한 가정을 이루게 되었습니다. 배필은 하늘이 정해 주는 것이나, 화목함을 이루게 된 것은 필히 임금의 은혜로소이다. 저의 친속인 희집은 어려서 부모를 여의고 가난한 중에 그럭저럭 장성하였습니다. 다행히 홀아비 없는 태평성대를 만나서 비록 중매장이가 중매를 하긴 해도, 일찍 부모를 이별한 궁핍한 사람을 거들떠보고 진유자13)가 장가들지 못한 것을 불쌍

___

9) 원문에 "…爲金申夫婦傳以壽"로 되어 있으나, '壽'는 '奏'의 오기인 듯 하다. 『아정유고』나 다른 이본에서는 "…爲金申夫婦傳以奏"로 기록되어 있다.

10) 국립도서관본에는 열하룻 날로 되어 있다.

11) 국립도서관본과 한남서림본에는 '婚書' 대신에 '納幣之書'로 되어 있다.

12) '沐'(다스리다)을 '베풀다'로 의역하였다. '二南之化'란 주남(周南)과 소남(召南)의 교화를 뜻한다. 주 나라 주공(周公)과 소공(召公)이 문왕과 무왕의 정치를 도와 주공은 중앙에서, 소공은 남방에서 교화(敎化)를 베풀었는데, 시경(詩經)에서 그 당시 민요들 가운데 주공과 관련된 것을 주남(周南), 소공과 관련된 것을 소남(召南)이라 하였다. 여기에서는 이승훈과 윤형이 임금의 뜻을 도와 각기 김희집과 신씨 처녀의 혼인을 주관해 준 덕(德)을 찬양하고 비유한 것이다.

13) 진평의 자호. 진평은 집이 가난하였으나 글읽기만 좋아하고 집안 살림은 돌보지 않았다. 그래서 부잣집에서는 딸을 주지 않았고 가난한 집은 진평이 싫어했다. 그런데 호유(戶牖)의 장부(張負)란 사람에게 손녀가 있어, 진평이 이웃의 상사(喪事)를 돕는 것을 보고 가난한 것도 관계치 않고 청혼하였다고 한다.『漢書』<陳平傳>

히 여길 이 누가 있겠습니까? 소문에 의하면, 댁의 따님은 가난
한 집안에서 자라서 온순하고 부드러움을 배우고, 깊은 규방에서
바느질과 길쌈을 익혀 그 일에 능통하나, 집안이 가난한 탓으로
화장 도구조차 마련할 길 없어서 시집보냄이 늦어졌다고 들었습
니다.

　아아, 임금께서 어진 정치를 베푸시니 유사가 명을 받들어 시
집가기를 권장했을 것입니다. 성스런 임금께서 제도를 만들어 시
집 장가를 가게 하시니 우선적으로 그 정책에 응당 따라야 하고,
남녀란 가정을 가지기를 소망하니 때를 놓칠 수 없습니다. 오부
五府에서 짝을 맞추어 결혼시키는 것을 거의 끝냈는데, 오로지 양
가의 자녀만이 시기를 어겼습니다. 얼음 위의 옛 꿈14)은 이루어
지지 않았으나, 아마 좋은 기회가 있고 천생연분이 저절로 주어
졌으니, 어진 짝을 하필 다른 데서 구할 필요가 있겠습니까. 두
사람 모두 나이가 많은 것도 같을 뿐 아니라 집안 가난한 것도
서로 비슷하며 임금께서 은혜로이 명을 내렸으니, 두 사람의 혼
인이 반드시 성사될 것입니다. 그러나 가난하여 생계조차 불안한
데 어찌 모든 것을 다 갖추겠습니까?

　오직 임금께서 가엾게 여기는 마음이 간곡하여 두 신하에게
각각 혼인을 주관하게 하시되 자식 일처럼 하라고 하셨는데, 요
체는 의를 기르고 다른 사람의 아비 노릇을 하라는 말이니, 가련
하고 궁색하여 의지할 곳 없는 사람을 위하라는 것입니다. 풍성
한 은혜는 일세一世에 드물고 기이한 인연은 백대百代에 특이한
일입니다. 합환주 술잔은 태평성대의 기운을 빚어서 경사스런 상
서로움을 이끌어 들이고, 잔치하는 자리에는 풍성한 음식15)을 차

---

14) 중매를 뜻함. 영호 책(策)이란 사람이 얼음 위에서 얼음 밑의 사람과 말하는
　꿈을 꾸고서 해몽을 잘한다는 색담에게 물으니, 얼음 위는 양이고 얼음 밑
　은 음인데 얼음 위에 서서 얼음 아래 사람과 말했으니 중매할 징조라고 하
　였다 한다.『晉書』<藝術傳>

15) ‘需雲之私’는 풍성한 음식을 차린 잔치상을 말한다.『周易』「需卦」에 “구름
　이 하늘에 올라 가는 것이 수괘의 형상이니 군자가 그 형상을 이용하여 음

려 배불리며 임금의 덕을 노래하게 될 것입니다. 다행히 이 달을
맞아서 나라는 만년의 태평성대를 맞이하게 되었고, 좋은 때를
만나 두 남녀는 부부가 됩니다.

　삼가, 혼인의 예식에 따라서 결혼날 아침에 쫓아갈 것입니다.

답혼서는 다음과 같다.

　평범한 남녀가 제자리를 얻으니 만물이 뜻을 이루고, 비파를
타고 거문고를 뜯으며 즐기고 또 화합하니 두 사람의 결합이 아
름답습니다. 모두가 조물주의 힘이었으니, 부모라는 말을 듣기가
부끄럽습니다. 저의 딸은 봉비葑菲의 자질16)로 혼인할 시기가 지
났습니다. 집안이 가난하여 네 벽만 남았고 옷을 기워 입는 형편
이다보니 비녀 꽂을 나이에서 다시 일곱 해를 넘겼으니 사위를
얻는 기쁨이 늦었습니다.

　다행히 주나라 문왕의 덕화를 만나 주진朱陳의 인연17)을 이루
게 되었습니다. 임금께서 혼기를 놓친 사람을 측은히 여기사 한
성부에 혼인을 권하고 몸단장할 도구를 갖출 수 있도록 도와주라
고 명령하시고 번거롭게도 한성 판윤으로 하여금 보고까지 하도
록 하셨습니다. 화기애애한 분위기가 사방에 두루 미치니 어느
것인들 임금님의 덕이 아니겠습니까? 빛나는 아침이 우는 기러기
에겐 늦었으니18) 저의 가난이 혐오스럽습니다. 이제 성스러운 임
금께서 처음부터 끝까지 은혜를 베푸시어, 마침내 두 집안에서
혼약을 맺었습니다. 임금의 교칙이 정중하므로 혼인시기를 앞당
겨 지체함이 없도록 할 것이며, 혼수는 빛나고 화려하니 예식이

식으로 잔치한다.”하였다.
16) 훌륭하지는 못하나 취할 것이 있다는 뜻. 『詩經』「邶風」의 <谷風>에 봉비
　를 뽑을 때는 밑둥만 보아서는 안 된다고 하였다.
17) 진씨와 주씨 사이에 대대로 이어져 온 혼인을 뜻함. 옛날 중국의 서주에는
　진씨와 주씨가 한 마을에 살면서 대대로 혼인하였다고 함.
18) 혼인이 늦었다는 뜻인 듯함.

매우 아름답게 잘 갖추어졌습니다. 돈·쌀·베·비단은 호조와 선혜청에서 다투어 가져오고, 띠·수건·비녀·가락지는 높은 가문이나 부유한 집안의 것보다 못하지 않습니다. 가난함이 바뀌어 창졸간에 부자가 되니, 이 때가 어느 때입니까? 자나깨나 천세만세를 송축합니다.

　성은에 대한 영원한 보답은 오로지 화목한 가정을 이루는 데에 있을 것입니다. 백성들은 해마다 드는 풍년을 즐거워하며 장수를 누리게 되고, 부부 사이는 원만하여 수신제가修身齊家에 힘쓸 것입니다.

　그날, 희집은 낯을 씻고 머리를 빗고, 구레나룻 수염과 턱 수염을 가다듬고, 매무새[19]를 돌아보며 표정과 거동을 익히고, 비단도포, 물소뿔로 장식한 허리띠, 검은 비단모자, 사슴가죽으로 만든 신으로 치장했다. 희집은 백마에 금 안장을 얹어 타고 어깨를 펴 꼿꼿한 자세로 얼굴빛을 엄숙히 하고, 곁눈질하지 않은 채 천천히 나아갔다. 기럭아비는 앞에 서고 유모는 뒤를 따르며 청사초롱을 든 사람들이 앞에서 나란히 인도하고, 한양 오부의 서리胥吏와 하인들이 좌우에서 호위하여 갔다. 이윽고 신씨의 집 문 앞에 이르러 말에서 내려 전안하고 초례청에 들어섰다.

　신씨 처녀는 곱게 단장을 하고, 취교·금비녀·보요[20]를 갖추었으며 연꽃 무늬가 새겨진 푸르고 붉은 옷을 입고, 주락선珠絡扇으로 얼굴을 가리고 서로 절하니 어그러짐이 없었다. 신부 단장을 맡은 여인이 붉은 실을 이끌어 술잔을 세 번 나누어 마시게 하고 소곤거리듯

---

19) 다른 이본에는 “顧影聐容觀”으로 되어 있는데, 정문연본에만 “顧形聐容觀”이라 되어 있다.

20) 취교: 물총새의 깃 모양으로 만든 머리 장식, 금전: 금비녀, 보요: 부인의 머리나 목에 걸어 흔들거리는 장식.

좋은 말로 축복하였다. 부부가 일어나서 신방으로 들어가니, 두 집안의 이웃들이 서로 자랑스럽게 말하였다.

김군은 나이가 장성하여 마음가짐이 더욱 곧아 보이고, 신씨 처녀는 예쁘고 온화하여 예의 바른 거동이 넉넉하고 복스럽기도 하지. 임금께서 명을 내리시고 재상이 혼인을 주관하시어, 하루아침에 엄연하고 어진 부부가 되었네 그려. 임금의 큰 은혜와 기쁜 기색이 가문과 거리에 넘치니, 그 혼약을 위반했던 자들은 스스로는 아니더라도 하늘이 벌을 내릴 걸세. 살고 있는 마을 이름조차 반석盤石이고 반송蟠松이라고도 부르는 동네이니, 아름다운 징조가 우연이 아니구려. 수명과 복록을 점치고 상고해 보면, 그 무성하고 굳기가 돌의 견고함과 소나무의 굳셈과 같으이.

신하 이덕무는 다음과 같이 말하고자 합니다.21)

예로부터 임금의 마음은 하늘과 통한다 했으니, 어찌 그렇지 아니한가? 화창한 기운은 상서로움을 이루고 그것을 이끌어내는 것은 임금에게 달렸으니, 왜 그런가? 지금 우리 임금께서는 하느님을 마주한 듯 어두운 것을 밝혀주시고 울적한 것을 풀어주시며 가엾게 여겨 덮어주시고 은덕을 베푸시니 이루어지지 않는 것이 없다. 여러 번 시험해 보니, 올해의 봄, 여름을 지내면서 백성들이 간혹 비를 바랄진대, 어진 정치를 베풀면 기우제를 지내지 않아도 비가 내렸도다. 대저 김희집과 신씨 처녀의 혼인이 정해지자 비가 또한 왈칵 쏟아져 금방 멈추지 아니하니, 하늘의 감응이 이처럼 빠르도다. 그러므로 조야朝野가 칭송하기를 '잘 다스려진 시대'라 하도다. 무릇 삼대三代22) 때에 하늘에 빌어 영원한 삶을

---

21) 가람본에는 이 논찬 부분이 생략되어 있다.
22) 夏·殷·周 나라 시대.

기원하는 것도 역시 화기를 이끌어 드날림에 불과할 뿐이도다.
아, 아름답도다.

사혼기제사賜婚記題辭

바쁨도 진실로 참기 어렵거니와 한가함도 또한 참기 어렵다. 지금 만약에 한 사람을 방에 가두고 눈으로 보지 못하게 하고 귀로는 듣지 못하게 하며, 입으로는 말하지 못하게 하고 손발로는 일을 하지 못하게 한다면, 조급한 자는 서너 시간을 참지 못하고 끈기가 있는 자도 사흘을 넘기지 못할 것이다. 그러므로 차라리 수삼 년 학질을 앓을지언정 하루의 한가로움을 참기는 어려운 일이다. 한가로움이 나에게도 진실로 병이 되니, 다른 사람도 모두 그렇지 않겠는가?

신해년 유월, 무더운 장마인지라 사람들은 그 고통을 감당하지 못할 지경이었다. 과거공부를 하고자 하여도 창문을 짝하지 않으면 견디기 어렵고, 고문을 읽고 시를 짓고자 하여도 재주가 미치지 못할 뿐 아니라 홍도 또한 사라지고 말 것이다. 책을 읽고자 하나 졸음이 오고, 잠을 자고자 하여도 수십 마리의 파리가 속눈썹을 핥고 코를 빨아서 할 수 없고, 일어나 밖으로 나가려고 하여도 비가 오고 땅이 질어서 나갈 수도 없었다. 이 어찌할 수 없는 형편 때문에 미치고 병이 날 지경이었다.

어린 종이 시장에서 돌아와 소문을 전하는데, 무척 신기하고 장하게 여길 만한 것이었다. 나의 한가함을 이용할 수 있겠다고 생각하여 붓을 들어 희곡 한 편을 지으니, 게으름이 달아나고 졸음도 달아나게 되었다. 초고를 쓰는 데 하루, 교정을 보는 데 하루, 그리고 정서를 하는 데 하루를 소일하여 모두 사흘 동안의 한가로움을 덜었다. 이 사흘 동안에는 비도 오지 않고 더위도 없으며 파리도 없는 듯해서, 나에게는 소득이 많았다.

다행히, 이 글을 보는 사람이 있거든 사건의 와전 여부를 묻지 말고, 문장의 체제도 묻지 말 것이며, 지은이가 누구인지도 묻지 말았으면 한다. 다만, 한가로움을 더는 데에 소용된다면 반나절 정도의 도움은 될 것이다.

매화치농梅花癡儂 제題

김신부부사혼기金中夫婦賜婚記

정목正目[1]

가난한 서생은 남동南洞에서 가만히 탄식하고,
노처녀는 북궐北闕에 소문이 자자하구나.
여러 재상이 서성西城에서 혼사를 주관하고,
아름다운 부부는 동상東床[2]에서 은혜에 감사한다.

제1절第一折[3]

김도령[4] : 등장한다.

---

1) 題目正名의 약칭으로, 극본의 개요를 알리고 연극을 광고하는 역할을 한다.
2) 신혼방.
3) '折'은 현대희곡의 '막'에 해당하는 것으로, 元曲은 일반적으로 一本四折로
   구성된다.
4) '金'이라고만 되어 있으나, '김도령'이라 번역한다.

대명천지에 집 없는 나그네요.
태백산 속 더벅머리 중[5]이로다.

　제 성은 김가요, 이름은 희집[6]이올시다. 가계는 경주 김
가이나 쇠퇴한 집안이지요. 가까운 조상은 벼슬도 했고
높은 지위가 이어져왔기 때문에, 동네의 웃어른이나 아랫
사람들이 모두 김수재金秀才라고 부르지요.
　그러나 집안 가세가 기울어 가난케 되고 보니, 석 달에
아홉 끼니밖에 먹지 못하고 십 년 동안에 갓 한 번 쓰기
어려우니, 이게 진정 가난함을 즐기는 삶이지요. 성 아래
작은 집은 게딱지처럼 좁고 좁습니다.
　속담에, '가난이 용천龍泉을 더럽힌다.'[7] 하더니, 과연 내
가 가난한 탓으로 어렸을 때는 배우지 못하고 나이가 들
어서는 일할 데가 없어서, 문반文班도 무반武班도 아니올시
다. 재주 없고 덕 없이 그럭저럭 살다보니, 어느덧 금년
나이가 스물여덟이나 되었지요.
　그런 까닭에 소위 장가들기가 하늘에 오르기보다 어렵
게 되었나이다. 인생 삼십이 내일 모레인데, 아직도 도령
소리를 면치 못했으니 말이외다.

　남대문 지은 강림도령[8]아, 장안 왈자[9] 정 도령아. 이내

---

5) 장가들지 못한 신세임을 비유적으로 표현한 것이다.
6) 정조실록과 정문연본에는 喜集으로, 다른 이본들에서는 禧集으로 표기되어
　있다.
7) 용천을 더럽힐 정도로 추하여 천박한 신세임을 의미한다.

신세 생각하니 가련하고 우습구나.

[상화시賞花時10)]
김도령이 노래한다.

인간세상 천하 가운데,
가난하고 추운 것은 누가 가장 곤란한고.
한 칸 집이 아방궁이라.
이문소동里門小洞11) 붙어사는
외톨박이 벌거숭이로세.

　이 달이 몇 월인가? 눈알 속엔 헛된 생각만 오락가락, 푸
른 둑엔 새잎이 파릇파릇, 이지러진 울타리는 쟁쟁 울고,
삼 년 묵은 말가죽은 오호롱 지호롱12)하니, 늙은 도령 심
사를 가장 참기 어렵네 그려.

[후後13)]
제비는 짝을 지어 동서에 깃들이고,

---

8) 서울 남대문을 지은 총각 도편수를 부르던 이름.
9) 말과 행동이 불량스러운 사람.
10) 仙呂宮(청신하면서도 면면히 울려 퍼지는 소리)에 속하는 曲牌명이다.
11) 서울 마포구 염리동 부근.
12) '烏乎龍 秪乎龍'은 의성어. 노도령의 외로운 심정을 비유하고 있는 대목이
　　다.
13) 앞의 곡패를 다시 한번 되풀이 하여 사용할 때 쓰는 용어. 일반적으로 이를
　　么라는 용어를 사용하는데, 이는 後의 略字라는 주장이 있다. 김성탄의 <서
　　상기> 육제자서본에도 後자를 사용했다.

흰나비는 암수 서로 희롱하며 나는구나.
흘낏 보니 복숭아꽃이 붉으니,
이 생각 저 생각에 머리를 긁적이며
봄바람을 원망하네.

(탄식하며) 후유. 삼신할미가 점지하여 이 몸을 낳을 때, 입도 다른 사람과 같고 눈도 다른 사람과 같고 코도 다른 사람과 같고…….. 모두가 내 몸에 하나로 뭉쳐져서, 달린 물건이 가지가지 다른 사람과 똑같으니, 조금이라도 남에게 미치지 못할 것이 없건만, 오직 혼인이라는 한 가지 항목에서는 남에게 미치지 못하여, 구십의 삼분의 일, 육십의 절반 나이가 되도록 처자식 재미라고는 아직 보지 못했으니, 만고천하에 이런 신세 또 어디에 있을까.

이 몸이 양반의 후손으로 옛 성현들의 말씀을 약간은 들었는데, 남자가 태어나면 가정을 이루기를 원하고 일처일첩은 사람마다 거느린다고 하더이다. 장안 팔만 가구는 물론이고, 양반 상놈 가릴 것 없이 나처럼 나이 삼십에 장가 못 간 사람이 몇이나 되겠소, 몇이나. 하물며 요사이는 조혼이 유행하여 세가대족世家大族은 물론이고 여염백성이라도 밥술이나 먹게 되면 열다섯에 장가들고 열여섯에 정처正妻를 얻지 않는 이 없습디다. 내 일찌감치 보았지요

[점강순點絳脣14)]
여러 소년들이 꽃가마와 수놓은 말로
서로 맞이하고 보내어,
아기씨는 열다섯에 시집가고
도령님은 열네 살에 장가들었네.

[혼강룡混江龍15)]
하물며 처가에서 떠받들어서
신랑이 호사하기는 정승과 같네.
사모 쓰고 관대 두르고 백설같은 화총마 타네.
두리[斗里] 주머니16) 수놓은 띠를 드리우고
둥그스름한 푸른 부채가 향기로운 바람 일으키네.
원앙새는 푸른 물결 깊은 곳에 나란히 깃들고,
복숭아꽃 일찍 맺어 붉은 마음17) 움직이네.
이내 신세를 나이로 말하자면 두 갑절 어른이네.

이런 이야기는 모두 남의 집 일이니, 썩을 놈에게는 고통
스럽기만 하고 이야기해 보아야 아무 도움 없더이다. 나 같
은 놈은 장가들 방도나 생각할 수 있겠습니까. 천만 번 생각
해도 무슨 재주로 아기씨 하나를 얻겠습니까.
　　내가 일찍 들어보니, 옛날에 나처럼 가난한 어떤 늙은 도

---

14) 仙呂宮에 속하는 곡패의 하나.
15) 仙呂宮에 속하는 곡패의 하나.
16) 둥근 모양의 복 주머니.
17) 紅心. 거짓없는 참된 마음.

령이 미륵에게 공양을 했더니 미륵이 늙은 도령에게 자비를 베풀어 꿈에 나타났다고 하더이다. 두 글자로 된 주문을 주었는데, 물건을 붙게 할 수도 떨어지게 할 수 있었답니다. 그래서 그 도령은 부자가 되고, 또 인근 양반집안에 장가들게 되었다 하더이다. 이웃에 사는 어른이 딸을 시집보내는데, 이 늙은 도령이 그 각시를 보니 너무 아름다워서 그 주문을 외어서 각시를 탈취해 가지고 첩으로 삼았다 합디다. 그러니 나 같은 사람도 그런 주문이나 얻어서 만사를 제쳐놓고 급히 그 각시 몸에 붙여 내게 오게 하면 얼마나 좋겠습니까. 어찌 요사이에는 영험한 미륵 하나 없는지……

옛날에 중매를 많이 한 사람이 있었는데, 어느 상놈이 나이가 매우 많은 데도 중매쟁이에게 통혼을 부탁했답니다. 중매쟁이가 가서, "신랑은 다시 말할 것도 없고, 가세는 장량(張良)[18]에 견줄 만하며 나이는 열에 여덟이 꽉 찼으니 정말로 좋은 신랑입니다."라고 했답니다. 장인 될 사람이 그 말을 듣고 크게 기뻐하여 완전히 혼인을 정하였는데, 수일 후에 그 중매쟁이가 다시 와서 "자세히 살펴보니, 그 신랑의 나이가 '십에 팔'이 아니고 '이십에 사'라 하며, 나이 많은 것을 꺼리지 않겠느냐?"고 물었답니다. 신부집에서는 종각의 기둥[支棟]처럼 믿었더니 혼례 마당에 이르러보니 팔십이나 된 늙은 상놈인지라, 그 장인이 어찌 분하지 않겠습니까? 중매쟁이에게 크게 꾸짖으며, "이 찔러 죽일 놈아, 난장 맞을 년의 자식아, 아 어떻게 말을 번지르르하게 만들어 나

---

18) 한 고조 유방의 공신. 한의 명문출신이었음.

를 속이느냐?"라고 고함을 치니, 그 중매쟁이가 껄껄 웃으며, "내가 어찌 한 마디라도 당신을 속였겠소.19) 장량은 다섯 대를 이어 상한(相韓20))이었고, 저번에 그 집안 형세가 장량에 비견할 만하다고 한 것은 조상 대대로 상한(常漢21))이라는 말이요, 십이 팔이며 이십이 사라는 것은 팔십이라 한 것이었는데, 당신이 들을 때에 귓구멍에 말뚝 박아 뒀었소?" 하더랍니다. 이 말을 들은 장인은 매우 애통했으나 이미 물릴 수 없는 일이라 다시 어쩔 수 없었다 하더이다.

나에게도 그런 중매쟁이가 있어서 나를 위해 정성을 다한다면, 내 처지가 비록 홍문관 교리, 이조 좌랑에는 미치지 못하나 저 상놈보다는 백 배 나을 것이요, 내 나이가 비록 아기신랑은 아니나 팔십 먹은 상놈에 비하면 도리어 새 도령이니, 내 어찌 좋은 신랑감이 아니겠소?

(한숨 쉬며) 아, 저 상놈은 부자였겠지. 나 같은 놈은 술 한 잔 나올 데가 없으니 어느 중매쟁이가 무슨 덕을 보려고 나를 위해 힘쓰겠노? 결국은 귀신 씨나락 까먹는 소리요, 옹기장사[甕師]의 운수일 따름이지.22) 이를 장차 어찌할꼬. 아이고…….

---

19) 국립도서관본, 한남서림본, 가람본에는 '내 어찌 털끝만큼인들 틀리거나 반점인들 어긋나게 말했겠으며, 터럭만치라도 당신을 속였겠소.'(俺 何曾一毫差了 半點兒錯道麼 毫髮些 騙爾的)라고 되어 있다.
20) 相韓, 즉 한 나라의 재상.
21) 常漢, 즉 상놈.
22) 모두 다 헛된 말이요, 헛된 궁리라는 뜻.

[금국향金菊香23)]

반 환갑 백발노인이 다 되도록

좋은 짝을 아직도 만나지 못했구나.

어찌 아내 복이 이 모양으로 흉하던고.

마음에 생긴 불이 가슴을 태우고,

긴 탄식이 또 바람을 일으키네.

[분접아粉蝶兒24)]

집 안을 둘러보니,

찬 이불에 뉘와 함께 꿈을 꾸며,

짧은 중의(中衣25))를 뉘와 함께 꿰맬꼬.

방향 없는 상사병에 증세가 위중하네.

만약에 중매쟁이와 맞닥뜨리면

붉은 실 끊어 놓고 퍼렇게 멍들도록 치리라.

나는 북한산성의 노장수좌26)도 아니요, 장의동 지사知事 영감도 아니올시다.27) 이게 무슨 놈의 팔자랍니까. 참고 지 낸 지가 여러 해거늘 알지 못하겠소이다. 이제 또 몇 해를 괴롭게 참고 지내야 바야흐로 별천지를 볼 수 있겠소?

___

23) 商調(슬픔과 怨慕)에 속하는 곡패.
24) 中呂宮(높고 낮음이 뒤섞인 현란한 소리)에 속하는 악조의 하나.
25) 고의(袴衣).
26) 가장 높은 자리에 있는 늙은 중
27) 이 구절은 다른 이본들과는 달리, 粉蝶兒에 포함되는 노래가사로 되어 있으
    나 내용으로 보아 잘못된 것 같다.

(한숨 쉬면서) 휴우. 어디 사는지 알 수 없는 덕 있는 아기씨 야. 그대가 이미 내 배필로 정해져 있다면 무슨 일로 소식조 차 없는 건가. 어쩔 수 없는 딱한 사정이 있는가? 제기랄, 위 를 보고 아래를 보고 사면팔방을 두루 보아도 어느 마을[28] 에 병신 팔삭둥이 딸년이 있어 나 같이 가난한 놈의 아내가 되려 하겠는가.

어? 사립문 밖에 찾아온 사람이 있구나. 누구지?

문으로 나가 본다.[29]

어? 월래[原來]? 동네[洞內] 임장任掌께서 오셨네? 무슨 일로 날 부를까?

임 장: 김도령, 빨리 자네 성명, 본관, 나이 좀 적어주게나.
김도령: 왜 그러시오?
임 장: 관가에서 공문이 왔는데, 늙은 도령한테 있으나마나한 물건 을 그에게 두어서는 쓸 곳이 없으니, 일일이 적은 후에 잘 라내어 나처럼 소주 잘 마시는 동네 임장의 생회 안주나 삼으라고 했다네.
김도령: 농담 그만하시오. 정말 무슨 까닭이오?
임 장: 한성부 공문에 오부 안의 각 동네 늙은 도령을 조사하여 보

---

28) 정문연본 외의 이본에는 모두 '那里'가 아니라 '那裏'라 되어 있다.
29) 出門瞧科, 한남서림본에서만 '出門醮科'로 되어 있다.

고한 후에, 관가에서 혼인을 돕고 빠른 시일 내에 혼인을 완
료하라고 하였다네. 좋구나, 좋아. 늙은 도령이 장가들 시절
이니 나에게 좋은 술 한 잔 아니 낼 수 없을 걸세.

일어나 이름을 적은 책을 받아간다.

김도령: 허허, 근래에 꿈자리가 좋고 오늘 식전에 어디선가 날아온 까
치가 나를 보고 깍깍[叫叫] 울더니 과연 오늘 좋은 소식 들었
구려.

　　　[단정호端正好30)]
　　　분부를 들으니 꿈과 같도다.
　　　오늘 아침에 무슨 바람 불었는고.
　　　문득 사주단자를 보낸 것 같아
　　　이내 춘심 동하누나.

　　조정에서 하려 하시면 어찌 못할 리가 있겠습니까? 이번
에는 내가 정녕 장가들게 될 것이니, 어떤 새아기씨[新阿只
氏]가 내 옷을 손질하러 올지 모르겠소. 조정의 지시를 기다
려 봐야지요.

퇴장한다.

---

30) 正宮(슬프고 웅장함)에 속하는 곡패. 선여궁에 속하는 경우도 있으나, 이 경
　　우는 설자에서만 쓰인다.

제2절第二折

서원[31]: (등장하여) 때는 바야흐로 요순시절이라. 나라에는 풍운의
경사[32] 있고, 가정에는 계옥桂玉의 근심[33] 없도다.

소인들은 중부, 남부, 동부, 서부, 북부 등 오부에서 일하
는 서원[34]이올시다. 한 달 전 한성부에서, 임금의 교지를 받
들어 혼인을 돕도록 오부 안에 사는 늙은 도령과 늙은 처녀
를 특별히 수소문하여 방방곡곡에서 한 사람도 빠짐없이 문
서로 작성하여 보고하라 하였지요.
　그래서 소인이 즉시 각 동에 두루 알리고 각기 해당되는
동네 임장과 안동眼同[35]이 돌아다니며 수소문한 후에, 지위
높으신 양반이 해당 부서에 문서로 보고하고, 해당 부서에
서는 수정하여 책자를 만들고 한성부 판윤대감에게 보고하
여 합계를 냈습니다. 어느 부部, 어느 방坊, 어느 계契 몇 통
統 몇 호戶에 사는 늙은 도령의 성과 이름은 무엇이고, 나이
는 얼마이고, 본관은 어디인가, 노처녀 아비의 나이는 얼마
이고, 본관은 어디라고 적어서, 수백 수십 인을 장계로 올렸

---

31) '吏'라고 한 것을 이렇게 번역한다.
32) 용이 바람과 구름을 타고 하늘로 오르는 것처럼 영웅호걸들이 세상에 두각
　을 나타내는 좋은 일.
33) 땔나무는 계수나무보다 귀하고 쌀은 옥보다 귀하다는 뜻으로 물가의 비쌈
　을 이르는 말. 여기서는 '먹고 살 걱정'이라는 뜻이다.
34) 조선조 때 서리 없는 관아에 둔 벼슬아치. 각 고을의 세금 받는 아전.
35) 입회인.

소이다.

조정의 지시에 따라 적당한 혼처를 찾아서 혼인시키기를 재촉하되, 호조로 하여금 신랑 한 사람에게는 옷감 몇 필과 돈 몇 냥, 처녀에게도 옷감 몇 필과 돈 몇 냥으로 혼인을 돕게 했지요.

성스러운 우리 조정에 이런 좋은 일은 일찍이 없었습니다. 요사이 들어 우리나라에 좋은 일이 부지기수이지만 간략히 대강만 말씀드리지요.

지난번 참혹한 흉년으로 도성에 걸식하는 많은 아이들이 생겨났을 때, 만일 백성을 사랑하는 은전으로 곡식 창고를 열어 구휼하지 아니하였다면, 어찌 한 여식이나마 살아날 수 있었겠소? 이 또한 성덕입니다.

지난번 북도에 연이어 참혹한 흉년이 들었을 때에도 만일 조정에서 힘을 다하여 구휼하지 아니하였다면, 북도의 백성들이 살 길이 없었을 것이니, 이 또한 성덕이지요.

재작년에 평안도 사내들이 한 도를 비우고 올 때에, 한 손으로는 개 모가지를 끌고 다른 한 손으로는 처자를 이끌고서 마치 쥐들이 꼬리를 물고 가는 것처럼 모화관 길거리로 줄줄이 흘러 왔었지요. 만일, 종각에 계시던 임금께서 그때에 양식을 내려 보내주지 않았더라면, 그 여식들이 어찌 살아서 고향 땅으로 돌아갈 수 있었겠소? 이것도 성덕이지요.

작년 유월 이후에 형조, 한성부36) 외방 팔도의 귀양 보낼

---

36) 다른 이본들에는 '한성부 兩伺'라고 되어 있다.

죄인들과 태장 맞을 죄인들과 벌금형을 받을 죄인들37)을 일제히 방면하였으니, 이 또한 성덕이지요.

병정丙丁 무기戊己 경신庚辛에서부터 16년38) 동안에 전세 田稅를 탕감하고 환상還上39)을 탕감하고 공포貢布40)를 탕감한 것이 몇 백 만금41)이나 되는지 알 수 없으니, 이 또한 성덕이지요.

이런 일 저런 일에 성덕을 베푼 것이 적지 않거니와, 이번에 노총각과 노처녀의 혼인을 돕는 것은 성덕중의 성덕입니다. 시험 삼아 비교하여 보십시오.

인간이별 만사萬事 중에 독수공방이 가장 슬프도다. 바야흐로 봄기운이 화창할 때에 초목들이 돋아나고 꽃은 피어 만발하고 나비는 훨훨 날고 꾀꼬리 쌍쌍이 우짖는데, 이 시절에 홍얼홍얼[興㗾乙恒㗾乙] 하는 심사를 둘 데가 없어서 비통함이 지향할 바 없으니, 하늘을 보고 탄식하고 땅을 보고 탄식하네. 저 한 가닥 탄식이 바로 다른 사람 간장까지 다 녹이니, 이는 슬픔의 감정과 온화한 기운의 영원한 일이로다.42)

---

37) 다른 이본들에는 竄配, 徒刑, 流刑, 笞杖으로 세분되어 있다.
38) 가람본에만 17년으로 되어 있다.
39) 백성에게 꾸어 주었던 곡식을 가을에 이자를 붙여 거둬들이는 일.
40) 베로 바치던 세금.
41) 財. 재물이나 금전. 다른 이본들에선 '兩'이라고 되어 있다.
42) 便是感傷和氣的一大椿事. '大椿'은 莊子 逍遙遊에서 8천세나 장수한 사람을 비유함.

이번에 조정 덕분으로 노총각은 장가들고 노처녀는 시집 가게 되었더이다. 서울의 큰 거리에는 신랑 행차가 개 날뛰 듯 하니, 이 어찌 성덕 중에 제일의 성덕이 아니겠소.

[금상화錦上花43)]
부부 인연을 하늘이 점지한다 말하지 마오.
하늘 외에 또 하늘 있다면 임금님뿐이로세.
이렇게 끌어들여 합함은 사람을 따름이요,
혼인은 물 흐름이로다.
오늘에 시집 장가가는 것은
조정이 백성 보기를 자식처럼 함이로다.

만약, 조정의 지시가 아니었더라면 그 사람들이 팽조의 나이44)가 되도록, 당백사45)처럼 머리가 희어지도록, 진실 로 장가丈家의 맛을 보기가 어려웠을 것이외다.

서원246): 임금님 덕德도 덕이려니와, 무릇 세상 혼인은 아무리 간 소하게 치르려 해도 최소한 백여 금은 삼켜버릴 텐데, 저거 들[這個們]의 혼인을 단지 호조에서 하사한 옷감과 돈만으로 어찌 치르겠는가? 모양을 다 갖추지는 못할 것이란 생각이

---

43) 雙調(민첩하고 심하게 간드러짐)에 속하는 곡패의 하나.
44) 팽조는 신선의 이름인데, 요임금의 신하로서 은나라 말년까지 팔백 세를 살 았다. 오래 사는 것을 뜻한다.
45) 중국에서 들어온 흰 명주실.
46) ‘大’라고 되어 있다. 편의상 ‘大’를 편의상 ‘서원1’로, ‘小’를 ‘서원2’로 번역 한다.

드는구먼.

서원1: 혼사를 치르지 못한다는 말은 듣기조차도 싫네.

[후後]
하나의 예장함禮狀函47)에 세 폭 목단木丹48) 이불이로다.
각시 붉은 치마는 이웃에서 빌리고,
기럭아비의 남색 도포는 가게에서 세내어,
빨리 가서 간단한 예식으로 올리세.

　벌거벗은 두 몸으로 마침내 절 네 번만 하여도 명색이
혼인이라면 좋은 일이니, 그 재미가 어찌 삼천 량짜리 혼
인과 다르겠는가? 그 이야길랑 집어치우세. 좋든 싫든, 이
거는 그 사람들이 좋은 것이지 우리 봉행奉行과는 상관없
는 걸세. 우리들이 할 일은 저 서류책 속에 적힌 도령과 처
녀가 이미 혼인을 끝냈는가, 혼인하지 못했는가 하는 것일
세. 자네는 책을 가지고 나와서 나와 함께 그것을 살펴보
세. 앞머리에 흑점 한 개가 있는 것은 이미 혼인한 것이고
점이 없는 것은 아직 남아 있는 것이니, 지금까지 점을 받
지 못한 이가 몇인가?

서원2: (일어나서 서류책을 보며) 어느 마을에 어떤 노총각은 몇 월
　　　며칠에 어느 곳으로 장가들고, 어느 마을의 어떤 노처녀는
　　　몇 월 며칠에 어느 곳으로 시집가서 거의 다 끝나가는구나.

---

47) 婚書紙와 綵緞을 넣는 함.
48) 모란꽃.

어? 하나 남았네.

서원1: 자네 보기에 아직껏 결혼하지 못한 사람이 누구인고?

서원2: 남대문 밖 이문동에 사는 김희집인데 나이는 스물여덟으로 이것이 어디49) 갔다가 아직까지 장가도 못 들었는가? 걱정이로다, 걱정이야.

서원1: 이것은 수많은 사람을 뽑는 초시初試에도 낙방할 자요, 경술년 대풍년에도 빌어먹을 팔자로구나.

[원앙살鴛鴦煞50)]

방금 고돌이[高突伊]51)는 새 각시를 얻고

가산아[佳酸兒52)]는 모두 아기씨[阿只氏]가 되었다오.

신선이 하늘에 올라갈 때는

수레[屋兒]도 오르고 닭도 가고 강아지도 이르러,

온 집[混家兒]이 모두 신선이 되었으나

늙은 쥐는 홀로 땅에 떨어진 꼴이니

가련한 팔자로다.

네 비록 희喜로써 이름을 삼았으나

본래 기쁨을 모으지 못했도다.

가만 있자. 저 사람은 한 달 전에 좋은 혼처가 광주廣州

---

49) 국립도서관본, 한림서림본에는 '那裡', 정신문화연구원본, 가람본에는 '那里'로 되어 있다. '那裡(어느 곳)'가 더 정확한 표현이다.

50) 雙調에 속하는 곡패의 하나.

51) 머슴애.

52) 가시내.

땅에 있다고 판윤대감이 경기감영에 통보하여 좋은 일이 이
루어질 듯했던 자로구나. 그런데 동지팥죽이 쉬었다느니,
동대문 계란에 뼈가 있다느니 하며 이간하는 말이 바람결에
들려오고, 그 곳 광주양반이 갑자기 배짱을 내미니 감영사
또도 어쩔 수 없었지. 그게 바로 이 도령이야.

서원2: 내 평생에 절통한 것은 혼인에 이간질하는 말이라. 한 마디
이간하는 말이 혼인할 집으로 향하여 가다가 중도에 큰물
에 휩쓸려 사경에 이르거늘……. 허허, 불쌍토다. 그 혼인
이 지금에야 이루어진다고 하니, 그게 무슨 심뽀인고?

서원1: 한가한 말일랑 그만두고 다시 자세히 살펴봄세.

서원2: (일어나서 책을 뒤적인다.) 아, 또 한 사람 있네그려.

서원1: 그게 누군가?

서원2: 새문 밖 여잔데, 평위동[53] 사는 처녀 신씨일세. 나이는 스물
넷이요, 그 애비는 벼슬 없는 덕빈이라 하는데, 이 사람이
점을 받지 못했네.

서원1: 옳지 옳아. 그 작은 여자. 평위동 제일 좁은 골목길에서 자
그마한 반찬가게를 하는데 일각중문 초가삼간에 살고 있
지. 가련하기도 하지, 가난이.

[후後]

겨울 달은 밝으나 눈 속의 사람들은 추위를 싫어하고,
가을꽃이 아름다우나 봄이 갔으니 누가 아름답다 하리오.
한 떨기 향기로운 시름이 사람을 배불러 죽게 한다는 것은

---

53) 현재 서울의 평동, 교남동, 충정로 일대에 걸쳐 있던 동네 이름.

묻지 않고도 알겠노라.
누에가 늙으면 집을 짓고
꽃은 지면 열매라도 맺거니와
처녀가 늙어지면 어쩌하랴?

세상에 지극히 어려운 일이 세 가지 있다는데, 형세 없는 호반虎班[54] 첫 벼슬이요, 재능 못 갖춘 선비 시험 보는 것이요, 가난한 처녀의 혼인이라 하더군. 그 중에 가난한 처녀 혼인하는 것이 가장 어렵다네.

얼마 전에 한 노처녀가 요행히 혼처를 구해서 사주단자 택일단자 오고가서 혼인일자가 점점 다가오는데, 그 처녀 기쁨을 참을 수 없었으나 체면 때문에 참고 참으며 남들에게 말 못하다가, 더 참을 수 없어서 변소로 달려가 개를 불러서 가만히 말했다네. "개야, 내가 모레면 시집간단다." 개가 어찌 알아차리겠는가. 개가 하품만 하니까, 그 처녀 민망하여 또 개를 보고 말하였다네. "개야, 내가 너에게 거짓말을 할 것 같으면 개딸년이다." 했다네. 사람 심정이 이쯤에 이르면 지극한 즐거움이 아니겠는가?

이 처녀도, 저 처녀처럼 내일 모레 시집갈 수 있을까? 이 신랑과 처녀를 해당 부에서도 어쩔 수 없을 것일세. 한성부에서도 어찌할 수 없을 것이로세. 다만, 제 운수가 통하게 되면 혼처가 저절로 생겨 혼인하게 되리니, 우리는 굿이나 보고 떡이나 먹세.

---

54) 무관武官의 반열班列.

함께 퇴장한다.

제3절第三折

서리[55]: (등장한다.) 열흘 동안이나 여울목에 앉았다가 하루에 여울
을 열 번이나 건넜지요.[56] 저는 호조 서리요, 저 사람은 선
혜청 서리올시다.

조정의 분부에 노도령 김희집과 노처녀 신씨가 아직도 합
당한 혼처가 없어서 그대로 있다고 하니, 허다한 노신랑 노
처녀 중에 이 두 사람만이 그런 것은 우연한 일이 아니올시
다. 조정에서 이 두 사람에게만 특히 후한 은혜를 베푼 것은
아닙니다. 이 또한 거매들[57][渠每們] 팔자소관이니, 신씨 처
녀와 김 신랑을 지시대로 부부가 되게 하되 되도록 빨리 혼
인시키고, 그 혼사에 관련된 모든 것은 선혜청과 호조에서
전례에 따라서 갖추어 주되, 선혜청 당상관과 호조판서의
친자녀 혼례처럼 착실하게 도맡으라 하셨지요. 호조 당상관
조판서 대감은 남혼男婚을 도맡고, 선혜청 당상관 이판서 대
감은 여혼女婚을 도맡아 하되, 각각 신랑 신부의 친아비[親阿
爸]가 되어서 혼서지와 답혼서지를 사륙변려문으로 지어놓
고, 신랑의 사주단자가 오가고 길일을 택하니 혼인 날짜는

---

55) 吏.
56) 일이 제대로 풀리지 않아 시간만 보내다가, 일시에 순조롭게 풀려 바빴다는
뜻이다.
57) '그 사람들'의 비속어.

금년 금월 13일[58]이올시다. 날짜가 바짝 다가오니 양가에서
는 혼수를 급히 준비하되 미흡함이 없도록 하라 하였소이다.

[사해아耍孩兒[59]]

미인의 눈물 몇 번이나 예쁜 눈에 흘렀던고

총각總角 옷도 다 젖었으리.

하늘 같은 풍성한 덕과 바다 같은 은혜로

이 혼인을 좋은 때로 정했으니

지난날엔 옷도 없고 밥도 없이 가난하였으나

이제야 신랑신부 호사好事스런 사람이로다.

친부모는 근심 걱정일랑 하지를 마소.

선혜청의 무명, 탁지度支[60], 청민靑緡[61]으로, 이 혼수를 준
비하되, 돈이 몇 냥이 들었는지 포목이 몇 필이 들었는지 견
주어 논의하지 말고, 다만 다른 사람들에 따라 가장 좋은 물
품으로 준비하라 하셨지요. 바야흐로 이는 조정의 성덕일
따름입니다. 두 분 대감이 신칙[62]을 봉행하는 본뜻을 내매
들[俺每們[63]]이 어찌 감히 조금이라도 감추어 말하지 않을

---

58) 한남서림본과 가람본에는 12일로 되어 있다.
59) 원래 般涉調에 속하는 곡패인데, 正宮(슬프고 웅장한 소리)이나 中呂宮(높고
   낮음이 뒤섞인 현란한 소리), 雙調(민첩하고 심하게 간드러지는 소리)에도 이
   곡패가 들어있다. 여기서는 <서상기> 第4本3折을 모방하여 정궁투곡으로
   사용한 것으로 보인다. 김학주, 「讀<서상기>」, 『아세아연구』, 제8권2호, 고
   려대 아세아문제연구소, 1965, 181쪽 참조.
60) 재정을 맡은 벼슬.
61) 돈 꾸러미.
62) 단단히 일러서 경계함.

수 있겠습니까?[64]

　우선 겉치장을 살펴서 점검해 보세. 신랑이 타는 말은 배꽃같은 백달마白㺚馬로, 층층다래[靑靑月乃][65]와 은빛 실로 짠 당唐 안장을 얹었고, 무늬 있는 청사초롱[燭籠] 두 쌍, 무명 차일遮日 하나, 여덟 장짜리 민무늬 돗자리 한 벌, 가장자리를 푸르게 꾸민 행보석行步席[66], 채색 그림 그려놓은 큰 병풍, 큰 촛대, 높은 상, 향동자香童子·향꽂이[香高支]·향받침·부용향·청원향, 화룡촉, 심홍촉心紅燭, 라조羅照[67], 붉은 바탕에 청록색의 세 폭 밥상보, 꽃을 수놓은 방석, 꽃이 가득하고 수복壽福 글씨 무늬 넣은 교배석, 꽃무늬 가득한 전안석, 산 기러기, 용머리 새긴 함지기[函支機] 등 여러 가지 세세한 물건을 각 아문, 호조, 선혜청에서 빌려서 내려 보냈도다. 신부가 탈 금정金頂 팔인교자八人轎子는 빌릴 곳이 없어서 선혜청에서 세내었도다.[68]

[오살五煞]
전안례奠鴈禮를 할 때에 넘어지기 쉽고

---

63) ‘나 같은 것들이’라는 뜻의 비속어.
64) ‘헐후(歇後)’는 ‘감추어 말하지 아니하다’는 뜻이다.
65) 말이 달릴 때에 흙이 튀는 것을 막기 위해 양 옆으로 드리운 가죽 장식.
66) 신랑신부를 맞을 때 마당에 깔아놓는 좁고 긴 돗자리.
67) 신랑집에서 신부집으로 혼인을 청하는 의례 때, 신부집에서 초처럼 불을 켜는 물건. 갈대나 새나무를 한 자쯤 잘라 묶어 기름을 붓고 붉은 종이로 싸서 만든다.
68) 다른 이본들에서는 각 물건들을 빌려온 관청과 사람을 일일이 서술해 놓고 있다.

말에 걸터앉을 때에 떨어져 다치기 쉬우며

심홍촉心紅燭 아래에서 다시 삼갈지어다.

생전 처음 공작병풍 두른 밤이요,

분에 넘친 부용장막 속의 봄이로다.

자세히 보아도 알기 무척 어렵네.

신선인가 귀신인가, 꿈인가 생시인가.

아차, 하인 하나라도 어찌 잊겠소?. 호조와 선혜청과 한성부 오부의 서리·서원·사령들·통대방 등이 일제히 나아갈 차례구려.

신랑 차림 살펴보세. 초립은 이미 어울리지 않으니[不少]69) 가늘고 가는 양대[涼臺] 무명갓[布笠兒]이요, 세모시 청도포, 세모시 중치막70)[中赤莫], 흰모시 소창의71)에 생 명주[生 綿紬] 홑적삼이며, 한나라 비단으로 만든 초록 허리띠에, 머리부분이 녹색인 큰 비단으로 만든 두리주머니에 주황색 당사唐絲로 나비모양 수술 달았구나. 흰모시 겹잠방이, 가는 베 속옷 홑잠방이며, 가늘게 짠 무명 새 버선, 흰모시 통행전筒行纏72)에 초록 당사로 만든 가는 조대條帶73), 외올망건

---

69) 이 당시 초립은 나이 어린 남자만 썼는데, 희집은 나이가 많아 어울리지 않는다는 뜻인 듯하다.

70) 창옷에 둥근 두리소매를 단 웃옷. 벼슬 못한 양반이 입었다.

71) 바지저고리 위에 입던, 옷길이가 길고 소매가 좁은 남자 두루마기의 하나이다.

72) 바지 고의를 입을 때 정강이에 감아 무릎 아래에 매는 행전의 일종. 통행전은 아래에 귀가 달리지 않은 예사 행전을 말한다.

에 붉은 대모관자와 당사[唐絲] 끈[繁兒]이며, 푸른 기장 껍질
색 6분지六分地에다가 사슴가죽을 무늬없는 명주로 싼 당혜
[唐鞋74)를 모두 준비하였으니, 어디 소피보다가 잠방이 벗겨
질 염려 있겠는가.75) 겹비단 갓[角兒]과 검은 비단 두건이며
자주색 비단 관대[冠帶]에 일품인 물소뿔 허리띠요, 검은 사슴
가죽신과 관대 안에 자주색 겹창의76)에 푸른 색 삼대 승두
선77)이니 극진하고 극진하다.

[사살四煞]
집이 가난하면 옷 또한 남루하고,
옷이 새것이면 사람 또한 새롭다오.
원래 저 사람은 풍채가 뛰어나서
도포를 입으니 단아한 모습 선비 같고
관대를 띄고 나니 옷맵시는 중신重臣처럼 휘황하네.
한 입으로 어찌 모두 말하리.
마땅히 장인 장모가 함지박처럼 입이 벌어져서
옷을 거꾸로 입고 두건을 떨어뜨리리라.

신랑 의복 그만하고 신부 의복 점검하세. 흰모시 깨끼적
삼[角歧赤衫], 구슬처럼 빛나는 명주에 쌍 바느질한 허리띠,

---

73) 도포 위에 띠는 가는 실띠.
74) 당나라 때 전해진 가죽신으로 사슴가죽을 비단으로 싸서 만든다.
75) 有甚編入鼠皮脫褌衣的念慮麼. 아무것도 염려할 것이 없다는 뜻의 해학적 표
　　현.
76) 벼슬아치가 보통 때에 입던 웃옷. 소매가 넓고 뒷솔기가 갈라져 있다.
77) 둥그스름한 머리가 세 개인 부채.

흰모시 네 폭 잠방이, 가늘고 가는 모시 붕어[鮒魚] 잠방이, 진홍빛 주름비단 겹치마, 쪽빛 가는 명주 홑치마, 청모시 보통치마라. 웃옷 삼작三勺은 초록색 송화색[78] 보라색[寶羅色]이요, 갑사 숙초 광월사[79] 등은 자주색[紫的色] 삼회장[80] 저고리요, 오합무지기[81] 삼합무지기, 가는 무명 버선이며 끈 달린 바탕에 붉은 눈을 그린 비단신이며, 낭자의 머리는 육진월[82]에[衣] 족두리[簇頭里], 은죽절[83]로 꾸몄도다. 속담에 이르기를, 생전 호사 한 번이요, 죽어 호사 한 번이라, 난생 처음 호사로다. 어여머리[於余末][84]와 봉을 수놓은 무늬 옷, 금 스란[膝兒]치마[85]와 진주부채는 모두 수모首母[86]가 바친[87] 것들이더라.

[삼살三煞]

새에게 날개와 깃이 없으면 빛나지 못하고,

아녀자에게 옷이 없으면 몸을 가릴 수 없도다.

---

78) 얕은 누른 빛깔.

79) 갑사, 숙초, 광월사는 모두 비단의 일종임.

80) 저고리 소매끝, 깃, 곁대, 고름 등에 다른 색의 천을 대어 꾸미는 것. 모두 자주색으로 꾸미는 것을 민간에서는 최고의 예복으로 쳤다.

81) 치마 속에 입는 짤막한 통치마.

82) 月子를 가르키는 듯함. 즉, 머리숱이 많아 보이도록 덧 넣어 딴머리.

83) 여자의 쪽에 꽂은 장식품의 하나이다.

84) 어여머리는 원삼을 입을 때 주로 하는 머리로, 또야머리라고도 한다.

85) 입으면 발이 보이지 아니하는 폭이 넓고 긴 치마. 단 밑에 금박 따위를 박은 천을 덧붙였다.

86) 다른 이본들에서는 手母로 되어 있음. 신부를 단장해주고 혼례시 신부를 도와주는 여자.

87) 다른 이본들에는 세를 낸 것으로 되어 있다.

마침내 비단옷과 화장품으로 단장하니

허술한 초가삼간 방안에는

비로소 붉은 깁 아홉 폭 치마 입은 미인이 있음을 알겠네.

할망구야, 묻지 마소.

한편으로는 비상한 팔자요

한편으로는 무한한 천은天恩일세.

신랑이 전안할 때와 신부 신행 때에 임무를 맡은 아이 하님[媤任][88]과 어른 하님이 합해서 몇 쌍인가? 나조[89] 채비 한 쌍이요, 향동자 채비 한 쌍이요, 부용향[90] 채비 한 쌍이요, 홍초 채비 한 쌍이라. 납채[91] 때에 쓴 하님 전안 때에 또 썼네. 신행시의 향꽂이 차지[次知], 함 차지, 경대와 식시 차지, 폐백 차지 각 한 쌍이라. 두 쌍식 합쳐서 열 두쌍 아이 하님과 어른 하님은 녹의홍상이라.[92] (신부례 때에 향하님 한 쌍은 남색 치마에 자주 저고리요, 경대하님과 식시하님이 짝이 되어 아이 하님을 데리고 있는데, 삼회장 옥색 저고리에 남색 치마요, 함 하님 한

---

88) 국도본에는 下林, 한남서림본에는 下任, 가람본에는 漢任으로 표기되어 있다. 계집종을 대접하여 부르는 말.

89) 신랑집에서 신부집으로 혼인을 청하는 의례 때, 신부집에서 초처럼 불을 켜는 물건. 갈대나 새나무를 한 자쯤 잘라 묶어 기름을 붓고 붉은 종이로 싸서 만든다.

90) 혼인할 때 피우던 향의 한 가지. 향꽂이에 꽂아서 족두리 하님이 들고 신부 앞에 서서 간다.

91) 신랑집에서 신부집에 혼인을 구하는 의례. 지금은 납폐(納幣)와 같은 뜻으로 쓴다.

92) 다른 이본들에서와는 달리, 이 문장 다음의 한 구절의 문맥이 통하지 않는다. 필사과정에서 몇 문장을 빠뜨린 것 같다. ( ) 속의 내용은 다른 이본의 내용을 번역해 넣은 것이다.

쌍의 옷도 이와 같구나. 폐백하님 한 쌍과 몸 하님 한 쌍은 모두 초록 삼회장 저고리에 남치마로다. 아이 하님 한 쌍은 족두리[簇頭里]와 초록 당의[唐衣93)]에 붉은 치마요, 도투락댕기[道土落唐其] 드렸구나.) 유모·수모·방지기94) 등이 쓸 물건을 미리 대령하였더라.

　신방에 들어갈 물것들을 살펴보세. 비단에 화조 그린 침실 병풍, 화문석 돗자리95), 네모난 초록 비단 이부자리, 꽃 수놓은 진홍비단 이불깃, 자주색 명주 처내[薦衣96)], 뒤가 붉은 꽃자리 요, 둥근 면에 봉을 수놓은 것은 신랑 베개, 네모진 면에 봉을 수놓은 것은 신부 베개라. 남자 요강 여자 요강, 남자 빗 여자 빗, 폭 넓고 올가는 다섯 자 베수건이요, 비누통[飛露筒]과 양치목[楊齒木97)]이며, 옷칠 금칠 혼서함에 금종이 잘라 장식한 모단보[毛緞褓]와 분홍 명주 내외보자기며, 태양 무늬 보자기와 자주색 보자기라. 누런 옷칠 대그릇, 침대, 작은 주홍색 삼층 경대, 작은 용을 그린 서랍 경대를 들였고, 아라사[俄羅斯98)] 금갑 거울, 놋대야, 밥상이라. 신방에 들일 것이 또한 적지 아니 하네.

　　[이살二煞]

---

93) 보통 저고리의 앞뒤 자락을 길게 드리워 끝을 예쁜 곡선으로 공굴린 궁중 예복의 하나.
94) 관아에 있는 심부름꾼의 하나.
95) 원문의 好㲪每는 좋은 '등메'를 말하는데, 양쪽 가를 꾸민 돗자리이다.
96) 덧덮는 얇고 작은 이불. 겹으로 된 것과 솜을 얇게 둔 것이 있다.
97) 칫솔.
98) 러시아에서 만든 금갑 거울.

베개를 베는데 처음에는 내 머리인가 의심하고
옷을 입는데 내 옷인가 의심하며
밥을 먹을 때에 내 밥주발인가 의아하리라.
모란 병풍인들 어찌 오늘 처음 보는 것이 아니랴.
금갑경金匣鏡은 평생에 들어보지도 못한 것이로다.
그대는 모름지기 알아야 할지어다.
이야말로 요지경 세계요, 그림 속 세상[99]인 것을.

모든 일을 거의 합당하게 마쳤으니, 잔치 또한 촌스럽게 할 수 없도다. 봉상시[100] 요리사 몇 명을 빨리 불러 각자 알아서 준비하게 할지어다. 시루떡·산병散餅[101]·인절미[引絕味]·골무[權母]떡·백설기[白雪餻]·송편이며, 란면卵麵[102]·실면[酸麵][103]이며, 유밀과·붉은 산자散子·흰 산자·중배끼[104]·다식과 여뀌꽃 넣은 고기만두·어채[105]·개장·영계찜·생선회·육회며, 지짐·화양전[106]이며 돼지고기·수육·잡탕이며, 사과·능금·은행·자두·배·밤·대추·참외·수박 등을 모두 요리사에게 맡겨서 진설하게 할지어다.

---

99) 乾坤. 다른 이본에서는 이 대신에 모두 神仙이라고 되어 있다.
100) 제사와 사호를 맡아보는 관청.
101) 국립도서관본과 한남서림본에는 없다.
102) 굵은 국수. 卵은 크다라는 뜻이 있음.
103) 실면, 가는 국수인 듯.
104) 유과의 한 가지. 흔히 제사에 쓰였다.
105) 생선의 살과 해삼·전복·익힌 소의 허파·곤자소니 들을 잘게 썰어 버섯과 함께 녹말에 묻혀 끓는 물에 데쳐 내어 깻국에 넣어 먹는 요리.
106) 삶은 도라지를 잘게 썰어 쇠고기·버섯과 섞어 양념하고 볶아 꼬챙이에 꿰고 끝에 삼색실과 종이를 감은 음식.

아차, 수파련[107]을 안 꽂을 수 없구나. 이는 곧 사또 밥상이나 하마[蝦蟇][108]처럼 잘 차렸구나.

[일살一煞][109]
평생음식으로 죽과 밥만 알았는데
한 숟가락 맛보지 않아도 배부터 부르구나.
반 됫박 누런 밤은 신랑 소매에 들었고
석 잔 술, 붉은 실은 수모의 술동이에 들었도다.
마음껏 먹어 보세.
저렇게 큰 상은 평생 다시 못 받으리.

'나무와 돌이 다 갖추어졌으나 빠진 것은 상량문이라' 하더니, 오직 혼인날짜만 덜 찼을 뿐이로다. 혼수를 안배하여 기다릴지어다. 흔한 말로, '처녀의 늘그막 복이 앙금을 남긴다' 하더니, 과연 그렇도다. 저 처녀 일찍이 결혼했더라면 어찌 저런 좋은 일 있었으리. 늦복 있을 천생팔자에다가 조정의 성덕이 고금에 비할 데가 없어, 평범한 사람들이 모두 이런 특별한 운수를 얻었으니 장하고 장하도다.

[수미收尾]
어젯밤 봄비에 온갖 꽃이 피었더라.
빗물이 세상에 흘러서 내와 연못에 가득 차니,

---

107) 잔치 때 치례로 쓰이는 종이 연꽃.
108) 중국의 사신에게 베풀던 잔치의 하나. 아주 잘 차린 음식상.
109) 한남서림본에서는 '又'로 되어 있으나 잘못된 것이다.

임금의 크고 작은 은혜를 헤아리면 동해보다 깊도다.

제4절第四折

세 명의 청년들[110]: (어린 계집종을 데리고 등장한다.)

삼 년 대한에 단비를 만나고,
천리타향에서 친구를 만나도다.
달 없는 방에 화촉 밝힌 밤이요,
소년이 금방金榜[111]에 이름을 걸어 떨쳤도다'

이 시는 옛 사람이 네 가지 기쁨을 노래한 시로다. 이 네 가지 일은 사람들이 하고 싶어 하는 일이나, 동방에 화촉 밝힌 밤이 더욱 재미있다네. 노도령이 화촉을 밝힌 밤에 이르러는 인간세상에서 최고의 즐거움이지. 요사이 들으니, 김도령이 조정의 지시로 장가를 들었다 하는데, 우리 모두 서로 가깝고, 이 혼인이 여느 혼인과는 자별自別할뿐더러, 또한 사백 년 이어온 고풍이 있으니 일차로 가서 축하도 하고 매타작도 하지 않을 수 없잖은가?

일어나 대문에 이르러

---

110) 원문에 세 명의 청년을 지칭할 때 '大, 二, 三'으로 되어 있으나 이해의 편의를 위하여 '청년1, 청년2, 청년3'으로 번역한다.
111) 과거시험 합격자의 이름을 알리는 게시물.

일어나 대문에 이르러

김도령아! 아차, 김서방 집에 있는가?

김도령이 나와서 상견한다.

청년1: 자네의 일이 아주 특이한 일임을 잊었는가?

김도령: 막비천은이니 감축무지일세.

청년1: 성덕이요, 성덕이로다. 예쁘고 예쁜 복숭아꽃, 화려하고 찬
란한 그 꽃. 그 아가씨 시집가면 그 집안 화목하리.112) 정말
정말 오늘의 성덕이로세.

청년2: 떠꺼머리 청년이 어느덧 어른되었네.113) 자네 모양은 오늘
에야 물고기가 변해서 용이 된 격일세.

청년3: 우리들이 오늘 사또를 뵙고 돌아왔네. 자네는 사백 년 내려
온 고풍을 아는가?

김도령이 웃는다.

청년1: 우리 세 사람 중에서 내가 사또이니114), 내가 마땅히 죄목을
물어서 취조하리니 자네는 하나하나 사실대로 고해야 하네.

---

112) 桃之夭夭 灼灼其華 之子于歸 宜其室家.『詩經』의 「國風」에 실려 있는 시.

113) 詩經 齊風의 '椀兮戀兮 總角丱兮 未幾見兮 突而變兮'란 시를 부분적으로
인용하였다.

114) 신랑다루기에서 무리들 가운데 좌장이 자신을 고을원님이라고 자칭한다.
그래서 원님놀이, 사또놀이라고도 한다.

누가 몽둥이를 들겠는가? 법에 따라 하게.

청년2: (크게 '예'하고 소리친다. 허리끈을 빼앗아 오랏줄을 만들어 김도
령 앞에 펴 놓으며) 어느 쪽 발115)이 자네가 미워하는 발인가?
속히 미워하는 발을 내놓게.

김도령이 부득이 발을 들이민다. 청년2가 띠를 어깨에 메고 돌아
선다.

청년3: 꼬마야, 너는 빨래 방망이를 가져오너라.

계집종이 방망이를 바친다.

청년3: (때린다.) 긴 매[籧]116)로 족쳐야[足鐵也] 나가떨어지겠군.
김도령: 아야, 아야. 무슨 죄를 저질렀다고 이렇게 심한 매질을 하
시오?
청년1: (웃는다.) 네 죄를 네가 정말 모르겠느냐?117) 네가 장가들기
하루 전에 무슨 물건을 보냈는가?
김도령: 혼서지와 채단을 보냈을 뿐이오.
청년1: 또 무슨 물건을 보냈는가?
김도령: 함을 보냈소.
청년1: 그 함을 시장에서 사왔는가, 집에서 만들었는가? 또 어떻게

---

115) 다른 이본에는 모두 '손'으로 되어 있다.
116) 글자의 음을 취한 말.
117) 한남서림본에는 '뭇사람은 다 서 있는데 너만 홀로 누워서 발이 하늘로 향
했으니 그것이 죄가 아닌가'라는 구절이 더 있다.

보냈는가?

김도령: 호조에서 보내왔고 기럭아비가 지고 갔소.

청년1: 호조에서 준비해 보냈으면 특별히 만들었을 것이렷다. 노도령이 함을 무겁게 여겼을 것이고, 지고가기가 응당 고달팠을 것이로다. 네가 장가 갈 때에 길에 구경하는 이가 없었던가? 뭐라고 하던가?

김도령: 늙고 젊은 사나해[似羅海]와 여편네[如平來]들이 보는 이 많았으나, 말하는 것은 듣지 못했소.

청년 1: 간악하다! 매우 쳐라!

청년 3: (때린다.)

김도령: 아야, 아야. 바로 말하겠소. 바로 말하겠소. 큰길 위에 아이들이 뒤를 따라 쫓아와서 일제히 소리 질러 놀리기를, '새서방아, 새서방아. 그 새악씨[新岳氏] 데려가려거든 먹고 빚진 떡값 갚으소.'라고 했소. 또 한패거리들은 손가락질하며 야유하는 말이, '부끄럽다, 부끄러워. 저 신랑 수염은 몇 개만 났으나 나이는 흡사 오십은 돼 보이니, 묘하고 묘하도다.'라고 했소. 그 외에는 정말로 들은 바 없소.

청년 1: (웃는다.) 네가 말을 타고 처가에 도착할 때에 말 대가리가 먼저 들어갔는가, 네 대가리118)가 먼저 갔느냐?

김도령: 그야 말 대가리가 먼저 들어갔지. (모두 크게 웃는다.)

청년 1: 네가 곧바로 말에서 내린 뒤부터 합궁할 때까지를 자세히 아뢰어라.

김도령: 죽었네, 죽었어. 걸러덕분, 걸러덕분.[乞了德分 乞了德分]119)

---

118) 성기를 빗대어 한 말로 들어야 문맥이 통한다.

청년 1: 네 몸이 조정의 덕분이거늘, 네가 언감생심 딴 사람 덕분을
    청했느냐? 매우 쳐라.
청년 3: (때린다.)
김도령: 아야, 아야. 내가 말을 타고 처가에 도착하여 전안[120]하고
    조금 물러서서 또 절했다오.

[소량주小梁州[121]]
차일 치고 병풍 두른 전안청에서
배, 국궁, 흥[122]
내가 정성을 다해 재배하고 우리 조정을 향하여 머리를 조
아렸네.

동뢰연同牢宴[123]에 들어가니, 수모首母가 신부에게 두 번 절
하게 하더구먼요.

[후後]
굳이 이 밤을 지내야 자세히 알겠는가?
다정함을 참지 못해 눈을 잠깐 돌리니
정신이 아득하네.
내가 장차 어떤 복력으로

---

119) 부부관계를 할 때 내는 소리를 표현한 듯하다.
120) 신랑이 기러기를 가지고 신부집에 가서 상 위에 놓고 절하는 의례.
121) 正宮과 仲呂宮에 속하는 곡패이다. 김학주는 句式으로 보아 정궁의 곡패라
    고 하였다. 김학주, 앞의 논문, 같은 곳, 182쪽.
122) 拜는 절하라는 구령, 鞠躬은 구부리라는 구령, 興은 일어나라는 구령이다.
123) 신랑신부가 서로 술잔을 나누는 예식.

저 낭자를 엎드려 모시리.

저 수모首母가 나에게 답배答拜토록 권하지만 내가 서울 신랑인데 어찌 속겠는가? 마침내 신부에게 또 재배토록 시키거늘, 내가 비로소 답배하였네. 양편으로 나뉘어 마주 꿇어앉으니, 수모가 붉은 실을 풀어서 합환주 석 잔을 권합디다.

[작답지鵲踏枝124)]
한 잔 술로 오래 살고
두 잔 술에 출세하고
세 번째 잔은 세 아들을 낳으라는 뜻이라네.
이 말이 허망하지 않다면,
술잔째로 먹어치워 오래도록 취하고 깨어나지 않으리.

신방에 이르러 상후례相厚禮125)를 치루고, 신부는 당일 신부례126)를 치루고 돌아오니, 나는 저녁밥을 잘 먹고 잘 잤네. 빌고 비니 풀, 풀어주시오.

청년 1: 네가 합궁절차를 언감생심 빼먹으려고 하는가? 빨리 자세히 말하라.

김도령: 내가 저녁 먹은 후에 신방에 들어가니 황촉불은 휘황하고

---

124) 仙呂宮에 속하는 곡패.
125) 다른 이본들에서는 相會禮라 되어 있다. 상회례는 서로 처음으로 만나는 때에 하는 인사.
126) 새색시가 처음 시집을 때에 올리는 예식.

이불은 찬란하고 향 연기 자욱한데, 아무도 없었지요. 그 때에 신부가 들어옵디다.

[조소령調笑令127)]
꽃가지 바람에 떠다님이요,
구름 걷혀 청천명월 떠오름이고
천상선녀 거울 앞에 앉은 것이며
관음보살 신령으로 나타남일세.
내 머리 들어 자세히 보니 얼굴이 생소치 않네.
원래 아까 절한 내 낭자로세.

붉은 치마 풀고 녹색 저고리 벗기고 은비녀 뽑고 속옷 벗기고서는, 잘 잤습지요.

크게 웃고 말하지 않는다.

청년 1: 노도령 한 짓은 안 물어봐도 알겠구나. 또 너의 혼인은 따로 판서 당부로 조정에서 내린 것이니, 다른 이와 더불어 범상치 않은 처녀 유괴범으로 죽여야 마땅하나 용서하여 잠시 보류하노라. 들으니 네가 지금은 쌀도 많고 돈도 많아서128) 옛날에 고양이 죽만큼 먹던 생애와는 천양지차라, 너는 속히 술과 안주를 마련해 오너라.

---

127) 越調(냉소를 표현함)에 속하는 곡패.
128) 국도본과 한남서림본에는 ‘財多米多’로 되어 있고, 정문연본과 가람본에는
    ‘多米多錢’으로 되어 있다.

청년 3: (방망이를 던진다.)

청년 2: (띠를 풀고 내려놓는다.)

김도령: (일어나 앉으며) 큰 욕 봤네. 큰 욕 봤어. 애야, 술집에 가서
　　　　몇 잔 소주와 좋은 안주 좀 사오너라.

아　이: (술과 안주129)를 내어온다.)

청년 1: (술을 마신다.)

청년 2: (술을 마신다.)

청년 3: (술을 마신다.)

　　　김도령이 취한다. 모두가 취해서, 일어나 춤을 춘다.
　　　김도령이 노래한다.

[천하악天下樂130)]

오늘 소신小臣이 한 잔 술로

우리 임금님께 성심껏 축원하나이다.

임금님 은혜를 평생토록 잊을 수 없습니다.

땅은 망망하고 푸른 바다는 깊으며,

하늘은 높고 높고 붉은 해는 장구하니,

원컨대, 임금님께서는 만수무강하옵소서.

얼씨고나[魚乙氏古囉]. 절씨고나.[低乙氏古囉]

[태평령太平令131)]

---

129) 원문에 殼로 되어 있는데, 이는 觴의 잘못된 기록.
130) 仙呂宮에 속하는 곡패.
131) 雙調(민첩함과 심하게 간드러짐)에 속하는 곡패.

태자로부터 하급관리에 이르기까지
두 임금과 하늘이 그지없는 복을 내리시니
수복강령壽福康寧 누리소서.
노래가 네 번 거듭되니
별이 빛나고 바다는 온화하더라.
천세千歲를 축원하니
해가 떠오르고 달은 항구하다.
이로부터 만세萬世 태평하여
봄경치같이 빛나도다.

절시고나, 조을시고나[鳥乙氏古囉].132)

모두가 마당을 한 바퀴 둘러서 내달아 퇴장한다.

금박 입힌 나비떼 수를 놓은 원앙새
백마의 은안장133)이 동리 문에 빛나도다.
임금님 하사하신 붉은 비단 삼백 척尺인데
붉은 비단 올올이 임금님 은혜로다.

봄바람 불어도 가난한 집엔 미치지 않아
쓸쓸히 꾀꼬리 울어 중늙은이 되었더니

---

132) 한남서림본에는 '지화자 좋을시고, 저절시고, 어와 성은이야, 이 내 팔자
　　좋을시고, 좋을 좋을시고나'가 더 붙어 있다.
133) 정문연본과 가람본에는 은 안장으로, 국도본과 한남서림본에는 금 안장으
　　로 되어 있다.

하루 밤 동풍134)이 큰 은혜 베푸시어

붉고 푸른 양 가지에 늦은 복숭아꽃이로다.135)

---

134) 국립도서관본과 한남서림본에는 '東君'으로 되어 있다.
135) 兩枝紅碧晩桃花. 국립도서관본과 한남서림본에는 '兩枝碧樹晩桃花'라 되어
　　있다.

제3부

〈동상기〉 원문

青玉堂第七才子書

東床小識

忙固不可刪開亦不可刪今慈為一人私室使目無見身無聞

口無道手足無所役躒者不暇數者三日是趂為學刪三年

為一日聞囗囗固余之職每人皆然矛亦教老歲事變左月癸

人不逮其若欲治舉業則無窓伴難自強欲事苦之是詩則非

徒才不遠與爾漫兔缺看畫睡頻至缺睡便有教十蝇紙睡他

腋不可得欻起而走國且泥尼不便出其勢將不可奈何亦不

能自保其不狂且病之中矣歸舘市說訝斷甚新日奇豈或盛矣

吾可以已吾聞起寄筆作戲劇一篇覺手術嘲開眼疱指凡頃無

一日懶校一日鑑鏃一日所滴為三日即是三日無兩無暑無

鼃左余卽得亦已多矣章有看宦勿問事之或訛勿問文之為

何軆亦勿問作者之為誰其而只消胃為用則亦可為半晌之

助云爾

金申夫婦傳　　雅亭李德懋之崔著

辛亥大月餘過時未婚仍有金申両家親家事命絕其事韓

金禧集慶州人縣監恩重庶孫申氏平山人主人德彬慶女也

檀集年二十八，車氏年二十一，俱才旦賢顔，甚貧，人不娶之，婚嫁上之十五年春二月，上覽奏⋯⋯寧男女婚嫁，或不以時，特敕京北五部，勸成期遠者慈之，居助資裝錢五百布二端，月軌以聞。時檀集與沈氏約，申氏與⋯⋯難違，巴受官資裝束之婚也。五月晦日，漢微判君，其辈輿奏五部之人貧而婚徑期者，今盡勸成，惟平郡申德樹，縱有官資，亦難辦具，且筐是六月期。在孟秋金，檀集始興之約者，鑄以門戶不敵，恥不以女安女。月初二日，上諭曰：予念五部多窶，孃勸以婚者無慮百數十人，惟可郡二人禮未克成，篤在其道導天和，而諧物性，凡事貴齊，始政貴起，終其可觀，德樹更趁吉期，檀集函求催稠夕⋯⋯

勸

須名助贈數前豐鏡促家好事乃是一重卸令李琴薰馳赴食兆

府全簿芹墨曰錄卽李氏新卑氏已共上人婚矣乃承薰慢然曰

今奉上諭而申氏婚期顧無耶趁之前日之琴差是子盾責

有耶歸其將奈何判尹以下祗視瞳然遂薰曰下官寃念穫集

慶林相公之後申氏吏事奈之齒俱是拳瀾且其年敵其貧

同其耶過適相覬覦又同日名姓庶乃覽此天耶定必盡相

集通以成正媒滿坐譽卽飮曰李莫尹亦姜于翼遂逾卸令全

簿爲兩家之媒作是承薰錡君君之坊禧集之家壁絡蟠松里

德彬之家之俱門無屛座筵妻之穩灑而楷笙曰過午厨烟蒿

瑟賓全席地而鑰承薰宣

上諭仍言其申氏約婚便且禧集

俯首逡巡良久而言曰稷集那以未有室者坐孤而負也何辜

沈氏許字謹受官資不料見棄自期其老白首無那耦密之悲

不能奉老母今承指教非不慰謝然萬一役或不從即稱集命

發之晴也瑩見德彬如承薰言德彬懨然曰為人父母便子女

婉悅親事我至于今且我其人約人先違我夫誰之左至荷

聖諭鄭重優遇資裝諸公良善鄰行媒妁感激之至實敢愧死

無此金屈名家子敢不許以為婿於是承薰瑩夫悅互相邊報

承薰即便卸吏傳庚帖于德彬瑩勸德彬捒日良辰在扙十二

日報于府、聞上上喜曰正夫正婦愛得其所者古未幾許也

未有如金申夫婦機會巧溪非常可喜嘉此之奇也鄰戶曹判

書趙員鎮惠廳堂上李集模樣曰兩豪婚禮托于兩卿趙卿視禧

集猶子乜李卿視申氏猶女乜而各為兩豪代撰婚書乜嚴綵

幣冠履釵釧裳襦余袱敦盂盤一匹酒醪餅餌盛暴屏障紋箇書

燭香蠟炬盞脂粉零瑣之屬覽諸馬徒隸以衛以儀之具莫不

畢絡迤亦以信玉言其盖心辦備仍命內閣書李德懋曰如

此奇事可無佳傳南其筆絀一遍為金申夫婦傳以蓋十二日

晚鷄既鳴禧集卷桃紅鵶紋複文藍緒各一端文縜朱碧同心

孫納于縣函者藏勲鎖晃紅綵乙四角會結方勝書謹刻送于

申氏其婚書曰昭代沐二南之化匹夫匹婦書曰結百年之親

宜家宜室伉儷莫非天定造化別是　君見僕之其親其紅絢而

孤貧居然老大年逢外無曠之盛世縱有周媒氏掌婚顧此卑

失怙之窮人誰憐陳孤子未娶女癰聞令愛長孜寒素教之婉孌

深閨執絲集之工巳自床前之補綻貧家之雜套之具尚屋川

內之廸賀簿我　右茂政耶仁而有司承命勸嫁聖王制為嫁

娶政耶當先男女顏有宣家時不可失迨五卹婚媾之吉記獨

兩家子女之從期冰上之音夢不錯佳期盖亦有待月下之前

緣自在良媒何必他來曉晚之年期其同算寒之

恩出造命雖佳兩美之必成窮末聊生何由萬事之皆備惟

重宸曲垂慈念俾兩臣分室婚姻若自巳兒要攜子以育之養

鍋此人又為憐窮無依之身盛渥郎一世罕聞奇遇亦百代異

畵屋孟釀太秋之氣遒迎從窄逢龍靈雲之綵敷詠聖德欣逢

是月郍家雁盧年之休覆階時士女合二姓之好鐘邃儷皮之

禮受趁鳴鴈之朝蒼婚書曰匹天匹婦得其邪萬物遂情敷琴瑟

琴樂且和二姓合好穗造化力婉父母名僕之女以菊菲姿過

操栖卸家事徒餘四壁顛倒紫鳳之怒等吟更逾之覓婉鏡晚嬋

龍之喜章陞周文之化擬上朱陳之緣姲婚媾之不時遍命洛

陽令勤助坐資裝裘之末具至煩京兆孝陳聞和氣周旋依繁羊軌

非□嘉賭旭朝是於雜鴈奈邍我覓方　聖人終始之恩適

兩家成媒妁之約　餘教郍重朝歛連而毋匡物轢東克華禮孔

嘉而克備錢帛布帛必卻妻扃之千裘翰褸業貺𫝆鑲高門盛族

之不克過貧富遷迭次之項今辰何辰露森徧頌祝之恍千萬

歲永惟塵露之報只在壺衷之宜民樂年豐共登仁壽之域夫

和婦順長圉齊修之治日過中禧集既盥稅劑影刷頰顧影習

姿觀著凶秋袍斑屋蕭鳥帽廐辨坐白馬鏤金鞍有坡背直色

發莊不墜目徐之而竹履夫乳媼在後紅燈絞紋燈封之前

道京北五郡背來皂隸左擁在護魚之雅之如心及掖甲氏之

門下馬真廬入醺席甲氏豔莊具翠翹金細筒步搖被百子盞

苔紅祿永塵珠絲廟突孫傳秩然無羞雜婆引紅線琵孟三

醅之呪嘯吉綹夫婦起入鋪房兩家隣里相具歡記日金君年

益壯操心愿貞固申氏燒而艷客儀豐稱一朝至尊造命寧

相主婚姻儼然合爲贇夫婦恩光喜氣溢川巷彼遑約者非徒
自絶其亦天巳蓋其所居坊名鑒石里鎬蹯松佳兆非偶然可
卜其壽考福祿禱懋覽肇因如名之鑑巳如松之蟠桃巳云南

東廂記

克山李
鈺蕃

正目

窮措大南洞窮歎　　諸尚書西城主婚
尭廬女北闕徵闢　　好夫婦東床感恩

第一折

金上大明天下無家客太白山中有髮僧賤生姓金名禧集家
世慶州金氏白遷冠冕不遠簪纓徵相俉洞內上下皆以秀才將

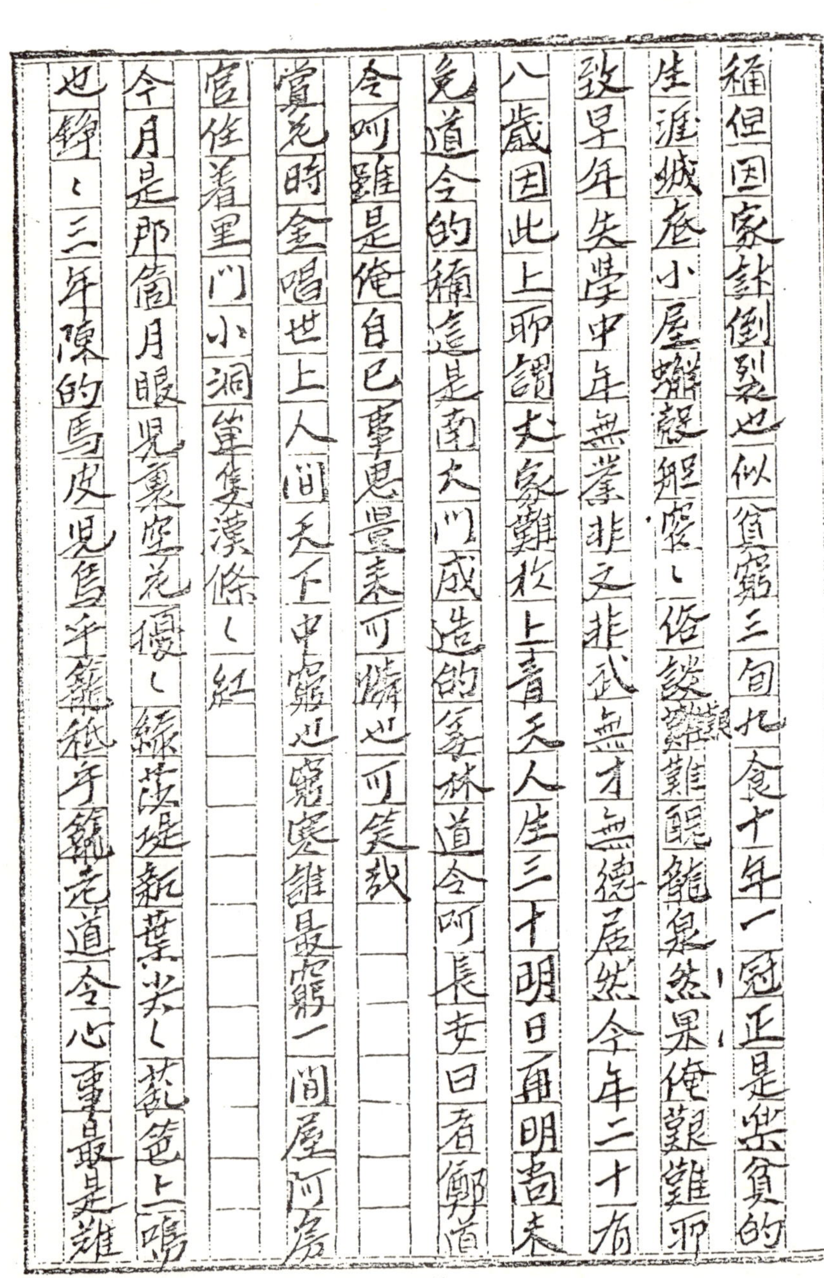

稱俚因家鈈倒別也似貧窮三旬九念十年一冠正是些貧的

生涯城底小屋攤穀腮窗俗錢難腿龍泉然果俺覷難耶

致早年失學中年無拳非之非武無才無德居然今年二十有

八歲因此上耶饁犬家難救上青天人生三十明日再明畫未

免道全的補這是南大川成造的家林道念阿長妻日者鄭道

令阿雖是俺自巳事思曼表可憐也可笑救

寬兔時金唱世上人間天下中窮遗窮寒誰最窮第一間屋阿房

官住着里川小洞筆隻文漢條　紅

綠莎堤新葉尖　範色上一鳴

今月是那簡月眼兒裏空花優

也銬　三年陳的馬皮兒隻牛籠紙牛籠花道令心重最野是難

耐　後紫燕雙樓西復東粉蝶翻飛雌共雄忽見桃花紅思

疊種々搔首怨春風　嘆科揮三神帝釋點指俺出送來時

口也似人鼻已似人何曾有半件不及人處只這婚姻一欵不

及人直到了九十三分大十半截邪謂妻子是的滋味未曾見

了萬古天下寧有這般的身世處俺是個兩班的緒餘若干閒

古聖賢言語男子生而願為之有室二妻一妾人皆有之派長

安八萬家無倫他班之民似俺三十未要的或個々且況近

來早婚成風世家大族除却了雄闔闆百姓家俬喫飯混十五

入大家士大得正妻無人不然俺崔看來一點筭屋多女堂

蒙花轎绵鞍相迎送阿只氏十五歲龍道令至十三經寫寫鳳

混江龍況是妻家尊奉新卿好事政丞回披却紫綬章服騎的
白雪花聰斗里黃畫簾垂編蓋僧頭青扇擺香風鳳鴦舞至庙縣坡
深桃花早結紅心勁似俺的諮其年歲合做么　這般說
結卿是他人家事虧子兒痛了兒也無益如俺且諧俺自家的
入夫家方罢哩千恩萬疊怎般妖術可得一個阿只氏末俺堂
聞來古有一位老道令俺的般窮困供養了一個彌勒慈悲他
老道今現夢授了二字兒真言能附了個離了個物那道令因
此入丈家子隣屋的長者百姓嫁女迎婿那道令見這圖氏甚
羡又用了真言奪取做個小条如俺得了那真言時陸了萬事
急先佃那圖氏身上點末了俺此堂不好處奈比間彌勤沒一

個灵駿的何前世中媒亦多又嫁做的一個常漢年紀粒亥又要中
媒俊之通婚那中媒往一廂說道新卽更無可論家世實道張
良年紀恰滿十八正是好個新卽那丈人做的靦得大悅兒去
無疑數日後那中媒復來說道仔細探㸃這新卽年紀不是十
八是二十中你不燠晚處新婦家信他做鍾圇丈楝了莫厚
是個恰滿八十的老常漢那丈人的如何不憤大喝罵中媒道
你這磼稺的兒了亂扶木毒的女兒漢呀如何做花言騙了俺
麠那中媒呵、的笑道俺何曾一言差了半㸃兒錯道麼虛影
此驢你的張良是個五世相韓伯那絹家世賽了張良道是父
祖來常漢十也八二十也四是個八十你眼醜虔鳥競虔耳孔

重釘了鞋馬代慶那尖人離是切看是個還退不得的娘成亦

後奈何俺如有這般中媒為俺效忠時俺坐把他雖不及弘文校

理焚香翰林史書佐郎家世豈不賽過了五世常漢俺年紀雖

非阿只新郎若較他九七八十六一的老漢還是個新生的道

令全俺豈不是個好新郎材木麼　嘆科揮這常荃想是個

富貴了如俺一盞兒沒出處有甚中媒着甚上德為了俺宣力

慶這獨甲飛羅祿磨雙盒器匠士數對此將奈何慶　金菊

香半戎還里白頭翁君子好述猶未育何善妻宣逼這樣凶心史

焦胸長嘆鬼又生風　粉蝶媒兒還碩家中大冷蒲園雖共伴愛

短中永雖共我裁縫沒伺方相思病証情危重若撞着月下仙翁

批斷他紅線打他青瞳

一 俺也不是北漢老犬首處俺也不

是北義洞知李今翁這是怎樣八字麼剤過了亦已多年末知 嘆科揮

從此而去又耐了幾年苦行方見了西洋世界麼

不知所裏的大班德阿只氏你既要做了俺毗正者緣何事消

兒也在頓絕做此不可做的情景麼上着了四西八

方周着了那里有病人八刷的生女與俺做了個窮漢子的妻

麼呀柴門外有人來索者是誰出川睚科嗔洞內任掌

甚麼事呌俺處任掌大金都念尖邊將自己的姓名本貫年歲銀

裝小的哩金甚曲班任寶家甘結內老道今有若無的物件當

于他沒用屬待了成冊後都割了付裝如搶哭素酒的洞內任

掌做個庄稼酒者金條了面弄這真麼是個甚緣做任漢城

府甘結內五部內各洞完道令成毌報收後自官家助婚至念

不多日田完了婚姻者好此的好此的道令丈家去了時節不

可不飲了俺好酒一盞哩作名帖受去科金盞迎來夢北願好

今日食前不知邪里來的好鶻向俺此啼了可乚果然今日髏

得了好消息　端正好髏分付還如夢令朝此吹了何風便

回中桂算子見送已是春心動　朝家要做豈有做不渴底

理今著俺此丁寧得入丈家不知怎樣親阿只氏除得俺的矜

也末了且待朝家處分哩下

第二折

更上尭之乾坤爽之日月圓有風雲慶家無桎至愁小人每中
卽南卽東卽西卽北卽五卽書負的便是月前漢城府指揮内
敬奉　聖旨助婚次立一卽内老新卽處女名別搜耶閭坊ㄴ谷
ㄴ無一人遺遍成冊報末者小人每卽時須布各該洞中任掌
眼同搜問後傳他兩班報狀當卽ㄴㄴ修正冊子粘連報狀于
漢城府判吏大監都合計數其卽其坊某洞蕎麥統第幾戸先
令其娃某年甲某何左籍其郷老慶佗其氏父某年歲何本
覓其鄉以上盡百歲十人入　啓後朝廷處處分内搜覓可合處
催促過婚自户曾新卽無名布歲止幾家西處女每名布歲止
兩婚姻扶助者逺是我　聖朝無前盛德尊近末我國家盛德

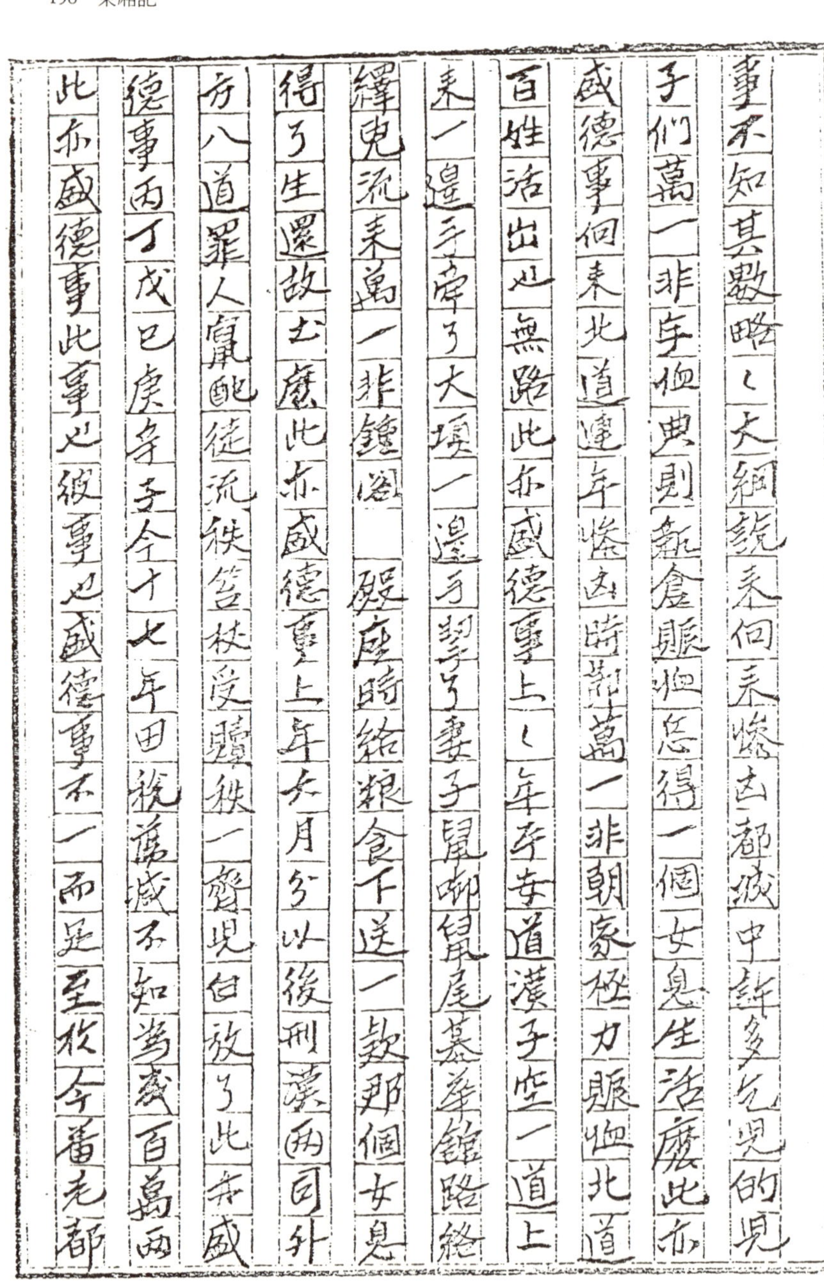

重不知其數略之大綱貌未個
子們萬一非与伽典則熱倉賑恓怎得一個女兒生活廢此亦
威德事個来北道達年縣卤時耀卤一非朝家極力賑恓北道
百姓活出此無路此亦威德事上之年辛安道漢子空一道上
来一遍三手彈弓大項一遍弓妻子鼠尾墓孝館路絕
繹兒流来萬一非鐘閣般座時絡粮食下送一數那個女兒
得了生還故土麼此亦威德賣上年六月分以後刑漢兩司并
方八道罪人寶配徒流佚笒杖受贖秩一齊兒白放了此亦威
德事再丁戊巳庚年今十七年田稅萬減不知為幾百萬兩
此亦威德事此事也彼事也威德事不一而是至枚今番老郡

令老處女助婚一欵无是盛德事中盛德事你試較量柰人間

離別萬事中獨宿空房先可悲方春和時草木摩生花開已發

虎蝶見○○夢兒○~這時節與免恒免心事置着無處悲痛

見没了指何上太息千太息這一辭太息直令人消了肝腸便

是感傷和氣的一大攄事今額朝家德分老道令夫家玄了老

處女嫂家玄了長安大道上新即行次大攄乱走這豈非盛德

中男一個盛德事處　　錦上花你真道夫婦因緣天上点指

外又夫人是巳恁牽合直人婚姻流於今日分女嫁男婚朝家

視民如子　　若非這朝家蓋分○○們直倒了彭祖同早唐白

緣樣白分寶雜見了尖豪的味小上德迎則上德尼間也上婚

姐子的不品過了向不下百餘全剝吞了這個們婚姻只將他

夕曾那賣布疋錢兩怎得經紀了麼想來多不成額樣的大似

這不解事的言語聽也赤厭一後一張禮收回三幅木算被

閻氏木紅寬借了隣里鳰夫藍袍賣了屢布草了竹過權待櫃

以雖是余七兩負白了把四拜名以婚姻這便是好了

連伊間滋味何渠不著三千兩婚姻麼這親錢無除卻了好了不

好了是渠每們好了不開俺奉行的狂王俺每們職分内事這

個成冊裏道令處女已盡婚姻薦未盡婚姻應你將那成冊未受点

恍俺攷准士者頭骨上打了一個墨点見的是個巴婚的未受点

的是個遺漏的到今未点的炭個麼小作点冊料某坊某契老

道今某校某月某日某處夫家去了某坊某契老處女其氏柒

某月某日某處媳家去了幾丁巳盡收穀了呀有一個了大係

着他歲諳尙今未婚了小南大門外里川洞居金禧集年二十

八這個那里去了尙今未還慶憂悶也乀乀大遠是萬得初

誠若攬舉子庚戌大豐乞兒的八字　鴛鴦然方今高突律

盡得新娘子佳駿兒並化阿哥氏比這神仙上天去卩去時屋

兒亦昇鷄兒亦去他兒亦去渾家兒復數親化老鼠兒習自陽

地可憐八与你雖名金億集元未是未集喜　俺想得方這

個月前有好個姻慶在于廣州地判尹大監報通了京爻監澄

好事也九分凝了那知冬至曉豆㳄兒住了東大門鷄卯兒有

賢間含風入那廣州兩班出了肚膓監營使道亦無奈何遠分

明那道令哩小俺子生切痛為是那婚姻間言的一個間言的

何那婚姻家去了中路淪没了大水到了死境欸息道嗟不

祥某的婚姻今則成了這是甚心膓處大間談且置了更細

敬惟奇小作縫卅律呀又一個有了大是誰小新門外居平

刷洞居處女申氏今年二十甲父幼學德彬是個未打点絋大

間草屋居住的可憐也艱難　後冬月明雪裏人燃冷秋花

是也是也這是小居宇洞最小耄小飯饌假豪一角申門三

姸春玄雖稱羡一叢查慈令人脹死不問可知参老了猶能座

花老了南能子處女老了奈甬何世上挺難底重看三無形勢

的虎班初入仕無器具的先輩藍試覰難的處女婚姻這三件

事中負慮女婚姻尤難曾前一個究處女僥倖得了婚姻處也

柱算子美了擇日算子去了婚姻日子着、迫了那處女不剛

喜歡猶是體面邪在于分忍住不得個人說道奈忍住無路走

了剛剛呼了大兒暗、說道犬呵俺也再明玄了媳家那犬如

何採得只打了一盖何品飲邪處女您、又道犬呵俺若覷覷

重時俺也是你的女兒了人僑到這時卸壹非壹樂邪在處此

個慶女邦個且明得云媳家了這寺起卽這寺處女當部無可

奈何渺微判尹亦無可奈何直寺到自家運通婚處自生方得

婚了俺們且休者着並子

第三折

吏上十日灘頭坐一日過十灘小人每夕曹書吏宣惠廳書吏

便是　朝家慶分四充道念金穰隹士老廳女申氏許多人中末

成婚者惟此二人事不偶然非爲朝家作非輩二人備施孕恳此

亦渠無們八字歌開申廳女金新卸保靈分仍作夫婦從速准奉

衍其婚需凡百書廳戶曹按倒偏給一依惠廳賞上父曹判書

親子女成婚例蓍妾全婚事本曹判書無况橋趙判書大監主

了男婚本廳堂上信傳洞李判書大監主了女婚便成新卸新

婦親阿爸一般婚書從答婚書纙两位大監巳将四大儷史劍池

置了新卸四柱筭子從來擇日子所婚姻的日子是個本年大

月十二日今巳只障兩宅婚需星大㨾備俾無末及春
要殘兒爺畨紅淚澁春恨總角衰彌應湿畫天般威德海恩
造婚姻已定佳辰前日呵無永無食多多窺兒躲後日呵新即新婦
好事人原父毋休偃影與鬼魔白木青綢一造婚姻勿較綸錢
入炎而布入炎足只從他極呈好作措備方是個朝家德是兩
伍大盞申勸座太意倦尘們怨炎一臺兒敏尨為先把那外具
点撿者　瓶即亦輪的鑿視武將靈花似的白棒馬者之月
乃銀葉徐唐鞍装有紋青紗燈籠名二
日名一浮一借御營廳一借禁衛薔八張付白紋把衣名一浮
青過歸行步席長庫與真柔牧丹屏風名一庭紅質與青綠三幅

床巾濟用監論大燭臺上曾高足床繡工藍香畫支司籏
座兒青童子尚永疏生鴈遠監薹美薔香清遠香內局大紅
燭心紅燭紅羅照蘂花方扇勇屬之拜屏左徽門及本曾
廳備送行下舵頭劍的巫支幾黃物墨物件只是新婦即要
金頂兒人轎非是借用庭物存經僑朴生負家有的出世來
五煞莫原時易跌倒跨馬時易墜陷心紅燭下更靜慎生前死
崔屏間夜分外芙蓉帳裏春細看終難認是仙是兒是要是
真一呀嗟侍陪一戲欶子足了本曹本廳漢城府五卿書負
使令們通大房一齊進玄次且把舵即服着点檢者草笠已是
不必了細原臺布笠兒銀色苧布青道袍白苧布中亦莫白

苧布小襖衣生綿紬汙衫布赤衫布草袴漢布緞草綿腰帶壹

絲大緞手里橐子朱黃唐緣蝶樣流蘇白苧布複褌子細布套

永葦褌了細作白木新襪二白苧布通行纏草綠鹿緣細條帶

算纓細巾赤玳瑁黃子同多會紫的緊靑秦皮大分地鹿皮邊

色鹿鞋一齊兒準備有甚偏入鼠皮脫褲兒的念鹿麼複緤角

兒烏紗帽紫的色紗冠帶一品秩犀角薑畫鹿皮好靴子冠帶

內供紫的整衣三臺僧頭靑色扇極畫了極畫了　四熱客

貧服自貧衣舊人亦經原來這個風神俊着道袍形容端然如

先華彼冠廿新服列揮耀似重形一口出數勤畫眉犬人丈卅口

張似咸壘倒着墮中一　題迎衣服且置了把這熱婦一礙点

儉者白苧布角歧赤衫瓔珞紬複釵脛萱白苧布巾幅褌子細

〻布魛魚褌子真紅縐紗複褌子青苧布常着褌子上衣三勺

草綠色秫色花南羅色甲紗熟綃廬月紈苧物繫的色三綃粧

五合無足伊三合無足伊細白木襪子綃價紅眼錦廬鞋娘子

鬢次天鎭月矣簇頭里銀竹節佐餤生前好事一番死後好事

一番真個生末初好事玄豆黴紅長衫金線繡鳳膝㚓裙子真

珠扇子遑皆手母芠物　　三然鳥無羽翼㒬得天婦無服鑄

不掩身黎須錦繡其花粉可知仔屋三間初有紅羅九幅裙村

姬末休問一則非常八字一則無限天恩　新即奠鳽時新

婦新行時漢任合用的炎㜺廬紅羅照差備一㜺香童子差備

一隻芙蓉香差備一隻紅燭差備一隻納采時用的奠鴈時仍

用了新婦樓時香漢任一隻藍裳紫的赤古里鏡臺漢任

漢任裳一對俱見孩漢任三繪雜玉色赤古里藍裳函漢

褪衣裳上同帶昂漢任一隻軆漢任一隻俱草祿三繪粧赤古

里藍兒裳褪漢任一隻簇頭里草祿唐水紅裳道士蓮其合十

二隻乳毋手毋房直茅物預為待令且把這新房郍入点檢者

柔畫花鳥㙡屏風蒲花文喬桐登毋方紗紬草祿兩金水花紬

真紅領子土綿紬紫的瀜衣多紅後的花布褪圓面繡鶴新郍

挑方面繡鳳新婦梳男瀜紅女溺紅男梳貼女梳貼廣紬

尺手巾飛郍笥灌木黑漆瀘金婚書函金剪紙毛毯衾紅綿

紬內外袱印文被紫的袱黃漆籠盒枕床使朱紅三層鏡臺便

盡籠器鏡臺亦入節羅斯金匣鏡箱大匙箱鐚床新房亦入

自不少　二盞靴素初疑我腦門被柔備起我布褌飯末起

我亞山晚牧丹屏當非今日初相見全甲鏡果是平生所末聞

君須認這應是瑤池世界壹塵神仙　尾事幾皆傳當于這

宴集一題并不可草々奉常壽熱手我名是火捉末便個辦備

者蒸餅散餅引總味饌丼白玉饌冷緶釀麵油蜜果紅散子白

散子中白楂三色茶食五色菓花魚饅頭魚菜狗醬軟雞臛魚

腌肉膾煎油花々攪刴飲味豬肉白肉雜湯查果林檎流杏丹

杏棠桃生梨生栗大棗真瓜西瓜這一般都盡熱手進排呀繡

八蓮不可不揮這便是便道盤庚鍛鍊兒大卓一般　一煞

平生飲食但知嬾妝未臺一着腹先蒻半什黃㮲新即袖三　今則不

的紅絲手毋摘頓嘿休遂愛信般大卓此生甬難

石俱儵弥之者唯上探文卯欠者唯日子未及妥排婚需得了

者常簸道處女老的福簶澤墨然這慶女若是早婚去了怎得

了這哏好事魔這是天生八字合有晚未的福文是朝家盛德

古今無沈正夫匹婦普得這哏異致了壯的壮的　收尾前

宮春兩中百花齊得綻流個人間川澤皆克酒量君恩大小東

海猶有這群羊下　蘭四枝

蘭四折

三生章小莫上三年大旱逢甘而千里他鄉見故人無月洞房

花燭夜少年金榜掛名辰這首詩是個古人四喜詩這四件事

佳是人間會心處既其中洞房花燭夜左有滋味至後老道令

花燭夜便是人間天下經舉世界近回金道令因了朝家處

兌得入了大家俺們俱是相親的這婚姻集他婚姻自別且有

四百年流來古風不可不一次往看且賀且打者作到門科金

道令呀嗟金書房在家廢金出来相見得大你的事沒有邦般

前時的事金莫非天意感祝無他大盛德事　　桃之夭夭

灼其華之子于歸宜其室家真個　　今日盛德車二絘角

草芳奕弟行芳你的今日樣子也要變成龍三俺們今日見了

太府得了還上你解得四百年流来古風廮金笑科大俺們三

人中俺也是堂上俺當差問目取招辞你一ㄟ從寶直招者執

我的為誰麼依法二大唱喏待奪帯作套鋪金前招所迎手是

你的乒僧手麼速待僧的手束紲者金作不得巳絍足判二看

帯背立科三打科是個長蘿的足鐵也蘿盡了金改呀犯了甚

罪打這重依大笑科你的罪你真個不知麼迄衆去前日你先

了甚物處金婚畫然綵綴只北送了犬又是甚物件送麼金迄

乙送了六郎盂乙是市上買来的是自己家中造末的如何擄

翰送了金自戶雪艄送的鷹夫的員去了犬就是力曹備末的

想是別ㄟ鋪造的老道令孟乙想是重了員去的應也應了你

去了大家時路上沒一個觀光的麼有甚麼說話的麼金老的
火的似羅海如乎菜觀光的題要說話的末聞了大奸惡也重
打者三打科金哎呀〳〵直說了〳〵〳〵大道上孩兒們從後
趕來齊辭罵道新書房持起紙阿只氏昨日嘆的頁的餅侢
還慣了又一䮂們舉一指衙道善也呢着也呢這新卻髮鎮髮
兒家子生了年紀恰當十五歲妙了這外真寶沒有聞的大笑
射你騎馬到丈家時馬的頭先入魔你的頭先入魔金馬的頭
先入了眾大笑科大你直從不馬時到了合官時一通仔細紿
將來金死了〳〵乞了德分乞了德分大你的全身都是朝家
德分你又生心兒人德分魔重打者三打科金哎嗬〳〵俺騎

了馬到了妻家奠鴈了　小退通释
廳拜罷新與俺的再拜改藉誠低頭另拜了義
了同牢宴手毋將那新婦面拜了　後回知今愿
多情人轉睛覷難定俺好伵福力状侍子遠舡娘
便勸俺行了答拜俺雖然是個东氣郎那星瞞得
行了再拜俺始荅了拜兮內迆跪坐了手毋鮮了
三盃合歡酒　鵲踏枝一飲了遐峰再飲了么卿迆三次末
杯這另是三個添丁羔教你言無起忘並盃盞長醉不醒
到了新房扐了相會稈新婦倆作當日新婦禮回了俺好喫
夕飯好睡了乞乞乞解解解大你的合宣卸次生心這艰淵略

小梁州　逆日屏風裏鴈
朝廷轉⊙
可詳封不冊
那手毋

麼速～細～招將末金俺夕飯發入了新房紅燭兒輝煌金束絕

見燦爛香烟兒裊裊而無何紅婦來到了　調笑令是花發俏

風行先雲倦青天明月升起是天上仙娥對粧鏡是觀音菩薩頭

神夫禮頭細看再分不生原來俄間拜我娘解他紅裙襯他紅襦

永抽他銀釵剥他裡好～睡了大笑科大老道念行事末

問可知且你的婚姻是個別判付朝家賜送的婚姻其凡常

楊盧女的賊漢然有分與姑為夫途闈你今則多末麥戯其他

前日没猫粥的生涯天地相陪你途綸準酒壺束者三鄉晗子

科二解帶放不科金起咥科大辱～小莫呵你丟酒家置了

炎孟燒酒好個按酒束者美進酒壺科大飲科二飯科三飲科

金醉科衆醉紛起舞細金唱科

天千柔今日小臣酒一觴

誠心祝我

王我王恩終身不可忘花〻碧遊深高〻紅日長

願卑回

聖人萬壽無疆焉乙氏古羅低乙氏古羅

太平今

元子宮小臣家一般　二聖上天降福無疆享壽焉

康寧致

四重星輝海闊觀千歲日昇月恒從此去萬世太平

〻如烟花好景低乙氏古羅焉乙氏古羅衆遠瑞走

况金簇蝶親瓊鴦

白馬銀鞍耀里門

御賜紅羅三百尺

紅羅縷〻抱君恩

春風吹不到貧家

家窖寫罷半无畵

一夜東風宣雨露

兩枝紅綻碧晚桃花

東床記

서울대 도서관 가람문고본

詩曰

一泥金簇蝶繡雙鴛이오

白馬金鞍이輝里門이라

御賜紅羅三百尺이

紅羅縷縷擁君恩이로디

二春風이吹不到貧家ᄒ야

寂寞鶯啼半老查러니라

一夜東君이宣雨露ᄒ시니

兩枝碧樹에晚桃花로다

東廂記

一五

送的婚姻이니與他凡常히拐處女的賊漢으로煞有分揀ᄒ니姑爲安徐ᄒ노라

聞ᄒ니你가今則財多米多ᄒ야他前日에沒糖粥的ᄒ던金이起坐科라ᄂ는天地相隔이따ᄒ

니伱ㅣ速히準備酒肴來者어다三이解帶放下科라大辱이로다大辱

이로다小旦呀아你ㅣ去酒家ᄒ야買了幾盃燒酒와好個按酒來者어다旦ㅣ進酒肴

科라大ㅣ飮酒科라二ㅣ飮科라三이飮科라眾이醉科라起舞科라金이唱

〔天下樂〕今日에小臣이酒一觴으로誠心祝我　王ᄒ니我　王恩을終身不可忘이로

다茫茫碧海深이오高高紅日長이라願東國聖人이萬壽无彊ᄒ노이다

魚乙氏古句鳥乙氏古

〔太平令〕元子宮小官家도一般聖上과天이降福无彊ᄒ사享壽福康寧ᄒ옵쇼셔歌四

重ᄒ니星輝海潤이오祝千歲ᄒ니日升月恒이따從歟去萬年太平ᄒ야熙熙如鸞花好

景이로다

低乙氏古羅句鳥乙鳥乙氏古羅句的許自句低乙氏古句丁低乙氏古句於我

聖恩伊呀句伊乃八字鳥乙氏古句鳥乙鳥乙氏古羅句眾이繞場走下라

母가解了紅絲ᄒ야勸飮了三盃合歡酒ᄒ더라

〔鵲踏枝〕一飮了에退齡이오再飮了에公卿이오這三次에來盃ᄂ這另是三個添丁이라ᄒ니若敎你言이오先誕妄이면幷盃呑ᄒ야長醉不醒ᄒ리라

到了新房ᄒ야行了相會禮ᄒ고新婦ᄂ仍作當日新婦體ᄒ야回了ᄒ니俺이好了夕飯ᄒ고好睡了로라乞乞ᄒ오니解解ᄒ야쥬시오大ᅵ你가合卺節次를生心이나這䦕客麼아速速히細細히招將來ᄒ라金이俺이夕飯後에入于新房ᄒ니紅燭兒ᄂ輝煌ᄒ고錦衾兒ᄂ燦爛ᄒ고香烟兒ᄂ翁蔚ᄒ디無何오新婦ᅵ亦ᅵ到了ᄒ더라

〔調笑令〕是花枝依風行인가是雲捲青天明月昇인가是天上仙娥ᅵ對粧鏡인가是觀音菩薩이顯神顯이신가我ᅵ擡頭細看ᄒ니面分이不生이라原來俄問拜我娘이로다

解佢紅裩ᄒ고褪佢絲衣ᄒ고抽佢銀釵ᄒ고서剝地裏에好好睡了로라大笑不言科리大ᅵ老道令行罪를不問可知로다且你에婚姻은是箇別ᅵ判付로朝廷에셔

東廂記

二三

實로沒有閒的로라大ㅡ笑科라你ㅡ騎馬호고到了妻家時에馬的頭가先入麼아你

的頭가先入麼아金이馬的頭가先入了로라梁이大ㅡ笑科라大ㅡ你가醒從下馬時호

야到了合宮時써지一通을仔細히招將來호라金이死了死了乞了요德分乞了

로라大ㅡ你에全身이都是　朝家德分이거놀你又生心호야乞了人에德分麼아重

打者어다三ㅡ打科라金이哎呀야哎呀야俺이騎了馬호고到了妻家호야奠雁호고

少退호야再拜호얏로라

〔少梁州〕〔金唱〕遮日屛風奠雁廳에서拜鞠躬興호거놀俺的ㅡ再拜致精誠호고低頭

호야拐拜了我朝延호라

轉入于同牢宴호니手姆가將他新婦호야再拜了호더라

〔後〕固知今日호야可詳證일년가不耐多情호므로乍轉時호니魂難定이며俺이將這

等福力으로伏侍了這般娘호리오

那手母가便勸俺호야行了答拜호니俺이雖然이나是個京新郎이니那裏에瞞得過

리요畢竟又行了新婦에再拜호거놀俺이始答了再拜호고分兩邊호야跪坐호니手

라三ー打科라是個長鑊的足鐵也ー落盡了로다金이哎呀야哎呀야犯了甚罪완딕
打這重杖고大ー笑科라你的罪를你가眞個不知麽아衆人은皆立호딕你獨假臥호
야足向天上호니此ー非罪麽아你ー丈家去호던前一日에偸ー先送了甚物件麽아
金이婚書紙와綵緞을只此送了로라大ー又是甚物件을送麽아金이函을送了로라
大ー那函을是市上에셔買來的아自己家中에셔造作的아如何樣으로輸送了오金
이自戶曹로輸送的요贋夫的가貧去了로라大ー既是戶曹로셔備送的면想是別別
調로造的로다老道令에函乙想是重了리니貧去的가應也憊了로다你ー去丈家時
에路上에셔沒一個觀光的麽아有甚麽說話的麽아金이老的요少的호沙羅海와如
便內ー觀光的가頗多호되說話的는未聞也로라大ー奸惡也로다奸惡也로다重打
者어다三ー打科라金이哎呀야哎呀야直招了호리다直招了호리다大道上에窺見
們이從後起來호야齊聲叫罵道新書房아將他新阿只氏호야昨日所與的貲的에餠
價를還償了호소고又一夥們이擧手指호야揶揄道羞也呢아羞也呢아這新郎이
髮髯이幾乎生호니年紀가恰滿了十五歲호야妙了로다妙了로고這外에는眞

生會心處나就其中에洞房花燭夜가尤有滋味ᄒ되至於老道令花燭ᄒ야는便起人間天下에極樂的世界로다近間金道令이因親家處孕ᄒ야得入了丈家라ᄒ니俺們이俱是相親的요這婚姻은與他婚으로自別ᄉᆞ든다라且有四百年流來古風ᄒ니不可不一次往看ᄒ고且賀且打著어다作ᄒ야到門科라金道令아呀嗟句金書房이在家麼아金이出來科라見科라大ㅣ你的事는沒有那般奇特事로다金이莫非　天恩이니感祝無地哩로다大ㅣ盛德事로다盛德事로다桃之夭夭여灼灼其華로다之子于歸여宜其室家라ᄒ얏스니眞個今日盛德事로다二ㅣ總角ᄴ分ㅣ突而弁兮라ᄒ얏스니你的樣子ㅣ今日也에焦變成龍이로다三ㅣ俺們이今日에見了太守ᄒ고兼得了還上ᄒ지스니你ㅣ解得四百年流來的古風麼아金이笑科라大ㅣ俺們三人中에俺也ㅣ是堂上이니俺이當發問目ᄒ야取招ᄒ리니你ㅣ一一從實直招著어다大杖的가爲誰麼아依法ᄒ라一이大唱喏科라奪帶作套鉤ᄒ야鋪金前科라那邊足이是你的所憎足麼아速將憎的足ᄒ야來納著어다金이作ᄒ야不得已納足科라二ㅣ肩帶ᄒ고背立科라三ㅣ小哭呀야你ㅣ將洗踏碪子ᄒ야來納者어다哭ㅣ捧梆樺科

에蝦蟆兒大卓一般이로다

〔又〕平生飲食이只知粥與飯이니未嘗一匙호야도服先滿호리라半升黃栗은新郞補
요三酌紅絲는手母樽이라頓飯을休遽變호金這大卓을此生에難再爲호리라
今則木石이俱備호니所欠者ー惟上樑文이라호더니所欠者ー惟日子ー未備호니
安排婚需호야待了者어다常談에道호기를處女老는福餘澤이라호더니果然이로다
這處女가若是早婚去了호더면怎得了這般好事麼아這是天生八字에合有晚來的
福이오又是　朝家盛德이古今無比호시와匹夫匹婦가皆得這般異數了호니壯的
로다壯的로다
〔收尾〕前宵春雨中에百花ー齊得綻이라流向人間호야川澤이皆充滿호니量　君恩
大小호오면東海ー猶有遣呷이로다

第四折

三生ー率小窔上호되三年大旱에逢甘雨요千里他鄉에見故人이라花燭洞房無月
夜요少年金榜掛名辰이라호는這首詩는是個古人에四喜詩니這四件事는儘是人

鳳은新婦枕이더라男女溺江과男女梳貼이며廣細布五尺은手巾次요飛陋簡과簽
闊木이며黑漆에洒金호婚匪函에金剪紙와毛緞袵와粉紅綿細袵로內外袵며溢紋
裸와紫芝裸며黃漆龍楗床이며倭朱紅三層鏡臺에倭諳龍器로鏡臺所入이오郛斯
羅金匣鏡이며鍮大鉕와鍮飯床이니新房所入이亦自不小ᄒ더라
〔二煞〕枕來에初疑我腦門이오被來에猶疑我布襌이오飯來에又疑我西山椀ᄒ리라
牧丹屛風은豈非今日初相見이며金匣鏡은果是平生所未聞이로다君須認ᄒ라這應
是瑤池世界며又或者畫裏神仙인가
凡事를幾皆停當ᄒ얏스니這宴集一欵은亦不可草々로다奉常寺熟手幾名을星
火招來ᄒ야使個辦備者어다蒸餅과引節味와欓母와白雪糕와松餅이며卵麪
아며油蜜菓와紅糁子와中白桂와茶食과兩色蓼花에各色剛丁이며魚鰻頭
菜며狗醬과軟雞濡이며魚膾와肉膾와陽地頭熟肉이며煎肉花와花藥訥飲伊며猪
肉白肉과雜湯과瀉平菜와花菜며楂果林檎柳杏紫桃生梨黃栗大棗眞茈西茈니這
一般은都貴熟手호야進排ᄒ여라呀야繡八蓮을不可不揷이니라這便是使道盤床

과金線繡鳳膝眼裙子와眞珠扇子는這皆手母에貰物이더라

(三煞)鳥無羽翼이면不得文이오婦無服飾이면不掩身이라終須錦繡與花粉이可知

白屋三間室에初有紅羅九幅裙이로다村嫗來ᄒ야休閒ᄒ소一則非常ᄒ八字오一則

無限ᄒ天恩이로소이다

新郎奠鴈時와新婦新行時에下任을合用的幾雙廳아羅照差備ㅣ一雙이오香童子

差備ㅣ一雙이오芙蓉香差備ㅣ一雙이오紅燭差備ㅣ一雙인디納采時에用的을奠

鴈時에仍用了ᄒ고新婦禮時에香下任一雙은藍裳에紫芝赤古里요鏡臺下任과餕

佗下任이爲一對ᄒ야俱兒孩下任인디三繪粧豆綠赤古里에紅裳이오函下任一雙

은玉色繪粧赤古里에藍裳이오幣帛下任一雙과軆下任一雙은俱草綠繪粧赤古里

에藍裳이오兒孩下任一雙은七寶簇頭里와草綠唐衣에紅裳이오道士絡唐貝ᄒ고

乳姆라手母와房直等에所著長衣와所騎鞍馬等物은預爲待令ᄒ얏더라且把這新

房所入ᄒ야ᄒ點檢者어다縱ᄇᆞᆯ花鳥寢屛에花紋席登每며方紗紬草綠兩衾에繡花紬

眞紅領子와土紬紬紫芝禱衣며ᄆᆞᆯ紅後的花鋪褥와圓面雙鶴은新郎枕이오方面九

帶띠를 纏綿川에 赤玳瑁貫子와 紫芝唐八絲鬃兒며 靑黍皮六分에 鹿皮綾色唐鞋를

一齊準備ᄒ얏스니 有甚納鼠皮脫褲衣的念慮리오 複紗角兒烏紗帽며 給角紫芝

色紗冠帶와 一品秩犀角帶에 黑鹿皮好靴子요 冠帶丙供은 紫芝複鼈衣며

靑扇이니 極盡了ᄒ고 極盡了ᄒ오니다

(四煞)家貧ᄒ면 服自貧이오 人新ᄒ면 衣亦新이라 原來這個風神俊ᄒ되 着道

形容히 端妙如先輩오 被冠帶ᄒ니 服色이 輝煌似重臣이로다 一口兒로 難盡說ᄒ니 宜

丈人丈母一口張似咸匏ᄒ야 倒着墮川ᄒ리라

新郎衣服은 且置了ᄒ고 把這新婦에 一襲ᄒ야 打點着어다 白苧布角支衫이며 瓊

光紬雙針腰帶며 白苧布四幅襦子며 細細北布鮒魚褲子며 眞紅縐紗複裙子와 藍方

細紬單裙子와 靑苧布常着裙子며 上衣三ᄉᆡ 은草綠色과 松花色과 寶羅色일ᄃᆡ 甲紗

熟綃廣月紗等物이니 紫芝色三懷粧이오 五合無竹伊과 三合無竹伊며 細

細線質紅眼錦唐鞋며 娘子髻次는 六鎭月子와 簇頭里와 銀竹節이니 俗談에 生前好

事一番이오 死後好事一番이라ᄒ더니 生來初好事ᄅᆞᆫ 다 於余未와 去豆微와 紅長衫

鴈은京畿監營이오芙蓉香은內局이오淸遠香과木紅燭과心紅燭과紅羅照와萬花

方席과奠鴈席과交拜席은各衛門과及本曹와本廳에셔借送行ᄒ고龍頭刻的函

支機와玉童子는貰物廛이오鴈夫에所着朱紗笠에貝纓과水靴子는軍門에借用ᄒ

고貝是新婦에所乘金頂轎子는非是借用底物이니孝經橋朴生員에所有的라出貰

次로다

〔五煞〕拜鴈時에易蹉跌이오跨馬時에易墜陷이오紅燭下에更詳愼이어다生前孔雀

屛間夜오分外芙蓉帳裏春이라細細看ᄒ야도終難認ᄒ리로다是仙가是鬼가是夢가

是眞가

呀嗟句侍陪一欸을幾乎忘了로다本曹와本廳과漢城府五部에書吏書員使令通大

房이一齊進去次리라且把新郞에服着的ᄒ야點檢者어다草笠은已是不少了ᄒ니

細細凉臺漆笠兒로ᄒ고銀色荢布靑道袍에白荢布中赤莫과白荢布小氅衣예生綃

紬汗衫이며漢布緞草絲腰帶와豆絲大綬斗里襲子에朱黃唐絲蝶樣流蘇結이며白

荢複裡子에細布裡衣單裡子며細作白木新襪子에白荢布筒行纏이고草絲唐絲細條

六儷文ᄒ야製罷了ᄒ시고新郎四柱單子가往來ᄒ고擇吉了ᄒ니那婚姻的日子ᄂ

是個木月十二日이라今已只隔ᄒ니兩宅婚需를星火措備ᄒ야得無未及者어다

(要孩兒)幾番紅淚住春眼이런고總角衣도亦應濕盡이리라天般盛德과海般恩으로

這婚姻을已定佳辰ᄒ니前日ᄭᆡᄂ無衣無食貧窮秋이나後日ᄭᆡᄂ新郎新婦好事人이

또다原父母ᄂ休搔鬓ᄒ쇼라

惠廳白木과度支靑銅으로這婚需를勿論錢入幾兩과布入幾匹ᄒ고只從他ᄒ야極

品好件으로措備ᄒ라ᄒ시니方是個ᄂ是莫非　朝家盛德이시니兩位大監이奉行

申飭ᄒ시ᄂ底事에本意를伱每們이怎敢一毫兒歇后ᄒ리잇가爲先把那外其ᄒ야

點檢者어다新郎에所騎馬ᄂ梨花似的白雪馬에靑靑月乃와銀葉絲唐鞍粧을別抄

金某가去番新納馬ᄂ믄第一擺行ᄒ고有紋靑紗燈籠各二雙은訓鍊都監이

오白木大遮日各一浮ᄂ一借御營廳ᄒ고一借禁衛營이오八張付ᄒ白紋地衣各一

浮와靑邊飾ᄒ行步席은長興庫요牧丹屛風은濟用監이오牀巾도濟用監이오

燭臺二ᄂ工曹요高足牀은繕工監이오香高支ᄂ司僕寺오香坐兒ᄂ尚衣院이오生

女ㅣ悶悶ㅎ야又道犬阿야俺이若謊說伱的女息了라ㅎ더라ㅎ니

人情이到這時ㅎ면豈非至樂所在麼아此個處女도那個쳐럼再明日에得去媤家了

ㅎ쟈這等新郞과這等處女를當部에셔도亦無奈何라直等到自家運通ㅎ면婚處自

生ㅎ야方得婚了리니俺們이且休看ㅎ리라幷下라

第三折

吏ㅣ上ㅎ되十日을灘頭坐라가一日에過十灘이로다小人每눈戶曹書吏요宣惠廳

書吏ㅣ便是로소이다　朝家分付內에老道令金禧集과老處女申氏가終無可合處

ㅎ야尙今自在云ㅎ니老新郞老處女許多人中에惟此二人이如此者눈事不偶然이

라非爲　朝家에셔於渠二人에偏施厚恩이라此亦渠每們의八字所關이니申處女

와金新郞을依處分ㅎ야仍作夫婦ㅎ되從速擧行ㅎ고其婚凡百은惠廳과戶曹로拔

例備給ㅎ되一依惠堂과戶判의親子女成婚例ㅎ야着實主婚ㅎ라ㅎ신非로本曹堂

上兼沈橋趙判書大監은主了男婚ㅎ시고惠廳堂上大寺洞李判書大監은主了女婚

ㅎ시와使成新郞新婦的의親阿爸ㅣ無ㅎ야婚書와答婚書紙를兩位大監이已將四

東廂記

十三

罷了ᄒ고更히細細考準者어다小ㅣ作ᄒ야翻冊科라呀야又一個ㅣ有了로다大ㅣ是誰오小ㅣ新門外居平洞居ᄒ는處女申氏ㅣ年이二十四오父는幼學德彬이니是個未受點秩이로다大ㅣ是也라是也라這是小居平尉洞最小巷에小小飯饌假家인딕一角中門三間草屋에居住的라可憐也로다艱難이여〔後〕冬月明ᄒ나雪裏人嫌冷이오秋花妍ᄒ나春去誰稱美ᄒ리오一叢香愁死를不問可知로다蚕老了ᄒ면猶能室이오花老了ᄒ면尙能子어니와處女ㅣ老了ᄒ면奈何爾아世上에極難底事가有三ᄒ나無形勢的虎班에初入仕요無器具的先輩에監試初試요艱難的處女에婚姻인딕這三件事中에貧處女婚烟이尤難이로다曾前에一個老處女가僥倖히得了婚姻處ᄒ야四柱羅子는來了ᄒ고擇日羅子는去了ᄒ야婚姻日子가看看迫了어늘那處女가不耐歡喜ᄒ되猶是體而所在에十分忍住ᄒ고不得向人說道ᄒ다가奈忍住無路ᄒ야走了厠間ᄒ야呼了犬兒ᄒ야暗暗히詫道犬阿俺也ㅣ再明日이去了媤家ᄒ다ᄒ니犬이如何保得이리요只打一番何品欲ᄒ니那處

敗煞了로다 呀야 有一個了로다 大ㅣ你ㅣ看他爲誰ㅣ 尙今未婚了오 小ㅣ南大門外里門洞居ᄒᆞᄂᆞᆫ金禧集이年이二十八인디 這個가那裡去了라가尙今未還ᄒᆞ麽아憂患也是다憂患也로다 大ㅣ這是萬科初試에落榜擧子요庚戌年大豐年에乞兒的八字로다 〔鴛爲煞〕方今에高突伊ᄂᆞᆫ盡得新娘子ᄒᆞ고佳山兒ᄂᆞᆫ併化阿貝氏ᄒᆞᆫ디譬這神仙이天上也去時에屋兒도亦昇ᄒᆞ고鷄兒도亦去ᄒᆞ고猿兒도亦至ᄒᆞ야混家兒ㅣ沒數羽化ᄒᆞ되老鼠兒ᄂᆞᆫ獨自墜地ᄒᆞ니可憐ᄒᆞᆫ八字라你ㅣ雖名禧集이나原來未集喜로다 佗ㅣ想得了ᄒᆞ니這個가月前에有好個婚處ㅣ在廣州地ᄒᆞ야刱尹大監이報通了京幾監營ᄒᆞ야好事也ㅣ幾乎凝了러니那知冬至曉豆粥이酸了ᄒᆞ고出了東大門鷄卵兒에有骨ᄒᆞ야間言이颽入이이리오廣州兩班이忽出了腹臍ᄒᆞ니監營使道도亦無奈何러라這分明是這道令咧로다 小ㅣ佗이平生切痛的ᄂᆞᆫ是那婚姻에間言的라一個間言的가向那婚姻家去了ᄒᆞ다가中路에淪没了大水ᄒᆞ야到了死境이이늘歎息道噓噓句不祥ᄒᆞ다某婚姻이今也則成了로다ᄒᆞ니這是甚心腸麽아大ㅣ閒談은且

東廂記

難見丈家味ㅎ리로다小ㅣ上德也則上德이어니와凡世上婚姻을下的下品으로過

了ㅎ야도僧不下百餘金剝吞了ㅎ는딕這儸儱이婚姻을只將煉戶曹에서所費ㅎ는

布匹錢兩ㅎ야怎得經紀了麼아想來컨딕多不成模樣ㅎ리로다大ㅣ似這不解事的

言語는聽也亦厭이로다

〔後〕一張禮狀兩에三幅木罪被로다閣氏紅裳은借了隣里ㅎ고鴈夫藍袍는貫于廛市

ㅎ야草草行過ㅎ야權停禮로以ㅎ지

雖是亦條條兩身으로白白地四拜ㅎ야도名以婚姻이라ㅎ면這便是好了事나伊間

滋味가何渠不若三千兩婚姻麼아這說話는除却了ㅎ라好了던지不好了던지是는

渠每們에好了요不關俺奉行的에好了로다俺每們에職分內事는這個成冊裡에道

令과處女가已盡婚姻麼아伱將那成冊來ㅎ야與俺으로考準者어다頭骨上에打了

一個黑點兒的는是는已婚姻이오未受點的는是는遺在的니到今토록未受點的가

幾個麼아小ㅣ作ㅎ야照冊科라某坊某契에老道令某는於某月某日에某處로丈家

去了ㅎ고某坊某契에老處女某氏는於某月某日에某處로媤家去了ㅎ야幾乎已盡

아此亦盛德事요上年六月分以後에刑漢兩司와外方八道에罪人的竄配徒流秩과

笞杖收贖秩을一齊히自放了ᄒᆞ얏스니此亦盛德事요丙丁戊己庚辛于今十六年에

田稅還上貢布를蕩減이不知爲幾百萬兩이니此亦盛德事라此事也彼事也에盛德

事가不一足이어니와至於今番에老道令과老處女에助婚一欸ᄒᆞ야ᄂᆞᆫ尤是盛德事

中盛德事로라你是較量來ᄒᆞ라人間萬事가離別中에獨宿空房이最可悲라方春和

時에草木이羣生ᄒᆞ고花也滿發ᄒᆞᆫ티蝴蝶兒ᄂᆞᆫ翩翩ᄒᆞ고金鶯兒ᄂᆞᆫ栗栗ᄒᆞᄂᆞ這時節

에與其恒基ᄒᆞᄂᆞ心事를罷着無處ᄒᆞ야悲痛兒ᅵ沒了指向이라上太息ᄒᆞ다가下太

息ᄒᆞ고低一聲太息ᄒᆞ다가長一聲太息ᄒᆞ야直令人消了肝腸ᄒᆞ니便是感傷和氣的

大椿事어늘今賴 朝家德分ᄒᆞ야老道令은丈家去了ᄒᆞ고老處女ᄂᆞᆫ媤家去了ᄒᆞ야

長安大道上에新郎行次가犬樣亂走ᄒᆞ니這豈非盛德事中에第一個盛德事麼아

[錦上花][吏唱]爾莫道夫婦因緣이天上來ᄒᆞ소指ᄒᆞ니天外又天이人君이是已로다

怎奈令이隨人이오婚姻이流水라今日分에女嫁男婚은朝家叮에視民如子샷다

若非 朝家處分이시더면渠們이直到了彭祖同甲ᄒᆞ야唐白絲樣으로白了도록實

人遺漏ᄒ야成冊來報者라ᄒ읍시기로小人每가即時에頒布各該洞ᄒ야各該洞中任任掌과眼同搜間後에尊位兩班이報狀當部ᄒ고當部에서修正成冊子ᄒ야報狀于漢城府判尹大監ᄒ야都合計數ᄒ니某部某坊某契第幾統第幾戶에老道令에姓某名某며年甲幾何며本貫某鄉이오老處女某氏에父某ㅣ年幾何며本貫某鄉이라ᄒ야己上幾百幾十人을入啓後에 朝家處分內에搜覓可合處ᄒ야催促過되自戶曹로新郎을每名에布幾匹과錢幾兩이오處女도每名에布幾匹과錢幾兩을婚姻을扶助者ᄒ라ᄒ시니這是我 聖朝에無前賑德事로다近來에我國盛德事ㅣ不知其數니略畧히大綱說來ᄒ리라向來慘凶에都城中許多乞兒的兒子們이萬一에非字恤之典으로新倉賑恤則怎得一個女息에生活麼아此亦盛德事요向來北道에連年慘凶時節에萬一에非 朝家에서極力賑恤이시면北道百姓에活出곳無路ㅣ니此亦盛德事요上上年에平安道漢子ㅣ空一道上來時에一邊으로ᄂᆫ手牽了犬項ᄒ고一邊으로ᄂᆫ手挈妻子ᄒ야鼠含了那鼠尾처럼慕華館으로陸續히流來할제萬一에非鐘閣 殿座時給糧下送一欸이시더면那個女息들이得了生還故土麼

로助婚ᄒ야不多日內로完了婚姻著라ᄒ얏스니好也的로다好也的로다老道令이

丈家去了ᄒ니時節이니不可不償了俺을好酒一盃哩로다作ᄒ아受名帖收去科라金

이謊句 近來에夢兆ㅣ頗好ᄒ고今日食前에不知那裏住的鵲이向俺也ᄒ야嚇了可

可ᄒ더니果然今日에聽得好消息이로다

〔端正好〕聽分付ᄒ니還如夢이로다今朝也에吹了何風인고便同四柱單子送ᄒ야已.

是春心動가

朝家에셔要做ᄒ시랴면豈有做不得的理리요今番에ᄂᆞᆫ俺也ㅣ丁寧히得入丈家ᄒ

리니不知怎樣阿只氏가除得俺的衿也ᄒ야來了로다且待 朝家處分哩ᄒ리라下

라

第二折

吏ㅣ上ᄒ되堯之乾坤이오舜之日月이라國有風雲慶이오家無柱玉愁로다小人每

ᄂᆞᆫ中部南部東部西部北部五部賫貢的一便是로소이다月前漢城府指揮內에敬奉

聖旨ᄒ와助婚次로五部內의老鰥郞과老處女를各別搜所聞ᄒ야坊坊谷谷에先一

短牛衣를誰與、裁縫ᄒ고沒同方ᄒ고相思病에症情이危重ᄒ도다若撞他月下仙翁ᄒ면

扯斷他紅線ᄒ고打他背睡케ᄒ리라

俺也ㅣ不是北漢山城老長首座요俺也ㅣ不是壯義洞知事令監翁인가這是甚樣八

字麼아耐過了가亦已多年ᄒ니未知귀라從此去了ᄒ야又耐了幾年苦行이라야方

見了西洋世界麼아歡科라握句不知那裡住的大功德阿只氏아你ㅣ既要做了俺에

配四者어던緣何事ᄒ야消息也ㅣ亦頓絕了오此不可做的情景麼로다噫라上看了

ᄒ고下看了ᄒ고四面八方으로周看了라도那裏에有病身八朔的生女ᄒ야與俺做

了個窮漢子的妻麼아呀야柴門外에有人來索者로다是誰오出門醮科라呀야原來

洞內任掌이到了로다你ㅣ甚麼事로叫俺麼아任掌이金道令아火速히將自己姓名

과本質과年歲ᄒ야錄與小的麼어다金이甚曲折고任이官家甘結內에老道令에有

若無的ᄒ物件을置于他ᄒ야沒用處ᄒ니二二成冊後에都割了ᄒ야付與如俺에喫

素酒的洞內任掌ᄒ야做個生膾接酒者라ᄒ니다金이休了而弄ᄒ라這眞實收成冊

이甚緣故오任이漢城府甘結內에五部內各洞老道令을成冊ᄒ야報狀後에自官家

了俺麼아那中媒ㅣ呵呵大笑道俺이何曾一毫ㅣ들差了며半點兒를錯道麼며毫髮

些나騙爾的아張良은是個五世相韓이니何所道家世는資了張良이라홈은道是父

祖來로常漢이오十也ㅣ八이며二十也ㅣ四는是個八十이라홈이니你眼見麼쳐럼

你耳聽麼홀時節에耳孔裡에釘了繫馬杙麼아那丈人이雖是切痛ᄒ나是個還退不

得的與成이라亦復奈何오俺도如有這般中媒ᄒ야爲俺效忠時면俺에坐地가雖不

及弘文校理와焚香翰林과吏曹佐郎ᄒ는家世나豈不賽過了五世常漢이며俺年

紀가雖非阿只新郎이나若較他九九八十에少一的老常漢이면還是個新生的道令

主니俺이豈不是好新郎材木麼아歎科라抨句這常漢은想是個富者了로다如俺은

一盞兒도沒出處ᄒ니有甚中媒ㅣ看甚上德ᄒ라고爲了俺ᄒ야宣力麼아終是這夜

叉兒에稅米磨鍊이며這獨甲飛에雜祿磨鍊이며甕器匠士에數計로다此將奈何오

呀야

〔金菊香〕半成還甲白頭翁토록君子好逑를獨未逢이라何等妻宮이這樣凶인고心火

一焦脾ᄒ야長歎息이又生風이로다(粉蝶兒)環顧家中ᄒ니淪落圍에誰與伴夢이며

家入丈家홀方略哩리라千思萬想호야도怎般的妖術로可得一個阿只氏來호리요俺이曾聞來호니古有一個老道令이俺的般처럼窮困호디供養一個彌勒이彌勒이慈悲他老道令호야現夢호야授了二字眞言호디能附了個物호야離케호니那道令이因此호야致富호고因此호야得入丈家了隣居的兩班이러이嫁女迎婚호거늘那道令이見這閣氏호고又用了眞言奪取호야做個小妾호얏다호니如俺도得了那眞言時면萬事를除了호고急先向那閣氏身上에粘了俺이면也豈不好麼아奈此間에没一個靈驗的彌勒가從前에此中媒ㅣ亦多曾做的라호니一個常漢이年紀ㅣ極多호디要中媒的通婚이어늘往說道新郎은更無可論이라家世賽了張良이오年紀는恰滿十八이니正是好個新郎이더라那丈人ㅣ聽得大悅호야完定婚姻이러니旣數日에那中媒ㅣ復來호야說道仔細探來호즉這年紀가不是十八이오是二十四라호니爾ㅣ不嫌晩麼아新嫁家에셔信他를做鍾閣支棟이러니及了贅壻호야是個恰滿八十的老常漢이어늘那丈人이如何不오大罵喝中媒道你ㅣ這磔殺的兒子아亂杖木毒的女息漢아呀야如何花言으로騙

也도似人ᄒ고鼻也도似人ᄒ야凡諸一應俺身上에懸來的物件이件件也似人ᄒ니

何嘗有半件이라도不及人處리요만는只這婚姻一事에는不及人ᄒ야直到了九十

에三分이고六十에半截이도록所謂妻子息滋味라고는未曾見了ᄒ니萬古天下에

寧有這般的身世아俺이是個兩班的緒餘로若干이나間古聖賢言語ᄒ니男子ㅣ

生而願爲之有室이라ᄒ고一妻一妾은人皆有之라ᄒ얏ᄂ딕大抵長安八萬家에無

論他班戶民戶ᄒ고似俺처럼三十未娶的가幾個며幾個런가且況近來는早婚이成

風ᄒ야셔世家大族은除却了ᄒ고雖閭閻百姓이라도稍喫了飯塊ᄒ게더면十五에

入丈家ᄒ고十六에得正妻를無人不然ᄒ더라俺이常看水ᄒ니

〔點絳唇〕多少童蒙이花轎繡鞍으로相迎送ᄒ야阿只氏는十五에乘龍ᄒ고道令主는

十四에縹鸞鳳이로다〔混江龍〕況是妻家尊奉ᄒ야新郎에好事ㅣ政丞同이로다被却

紫紗章服ᄒ고騎的白雪花驄이라斗里黃襲이垂繡帶ᄒ고僻頭靑扇이攏香風ᄒ니鴛

爲幷宿綠波深이오桃花早結紅心動이라似俺的ᄂ論其年歲ᄒ면合做公公이로다

這般說話ᄂ都是他人家事니膓子兒에講了說이也無益이로다如俺은且講俺에自

難이醜龍泉이라ᄒᆞ더니果然俺이艱難所致로早年에失學ᄒᆞ고中年에無業ᄒᆞ야非

文非武요無才無德으로居然히今年이二十有八歲이오니因此ᄒᆞ야世上所謂文家

라ᄒᆞ거ᄂᆞᆫ難於上靑天이로다人生三十의明日再明이도尙未免道令之稱ᄒᆞ니

南大門을成造的ᄒᆞ던姜林道令과長安日者鄭道令呵ᄂᆞᆯ雖是俺에自己事로思量來

ᄒᆞ야도可憐也오可憐也며可笑哉요可笑哉로다

(賞花時)(金唱)世上人間天下中에窮也窮寒이誰最窮이런고一間屋이阿房宮이라

住着里門小洞ᄒᆞ야單隻漢이條條紅이로다

今月이是那個月인가眼兒裏에空花ㅣ擾擾ᄒᆞ고絲沙堤에新藥이尖尖이로다亂芭

子ᄂᆞᆫ鳴也鏳鏳ᄒᆞ고從地理鳥ᄂᆞᆫ三丈浮로다三年陳的馬皮兒가鳥乎籠가羝乎籠가

老道令心事ㅣ最是難耐로다

(後)紫燕은雙栖西復東이오粉蝶은翩飛雌與雄이라忽見桃花紅ᄒᆞ고思量種種ᄒᆞ야

搔頭怨春風이로다

歎科라捫而無音이라(歎聲이나若嘯)三神帝釋이指點ᄒᆞ사俺을出來ᄒᆞ這時에口也도似人ᄒᆞ고眼

東廂記

汶陽散人　弄題

正目

窮措大는南洞蘿歎ᄒ고

老處女는北關徹閭이라

諸尙書가西城主婚ᄒ고

好夫婦ㅣ東廂感恩이라

第一折

金生이上ᄒ되大明天地에無家客이오太白山中에有髮僧이로다賤生의姓은金이오名은禧集이오家世는慶州金氏自邊이로소니冠冕이不遠ᄒ고簪纓이相傳기로洞內上下들이皆以秀才로呼稱ᄒ나但因家計ㅣ倒裂也似貧窮ᄒ야三旬에九食ᄒ고十年에一冠ᄒ니正是樂貧的生涯라城底小屋이蟹殼般些窄ᄒ며俗談에艱

才賢

德慧

眷澤

福緣

凡塡詞一日ᄒ고儺校一日ᄒ고謄錄一日ᄒ니所消一爲三日閑이라是三日은無雨코
無暑코無蠅ᄒ니在余에所得이亦多矣로다幸有看官이시거던勿問事之或訛ᄒ며勿
問文之爲何體裁ᄒ고亦勿湏問作者之爲誰某而只消閑으로爲用則亦可爲半晌之助
云爾라梅花岩癡儂은題ᄒ노라

東廂記

八

三

惠廳堂上李秉模　字는蔡則이오號는靜修齋니德水人이라演의子요拔齋文忠公端夏의玄孫이라英祖癸巳의進士文科호야歷副提學兵曹制호고正祖甲寅에拜相호야官至領議政호니諡를文簡이라

內閣檢書李德懋　字는懋官이오號는雅亭이니全州人이라廉使澯의子요茂林君善生의後孫이라正祖己亥에拜檢書官호야與朴齊家와柳得恭과徐理修로世稱四檢書호니官止縣監호니라

金甲賜婚記題辭

忙을固不可耐어니와閑도亦不可耐로다今若單一人於室호야使目無見호며耳無聞호며口無道호며手足無所役케호면躁者는不哺오靱者는三日이리니是故로寧守三年을獄이언뎡難爲一日閑이로다閑이固余之所病이니人皆然乎哉아否아歲辛亥六月에炎而霖호야人不堪其苦일시欲治擧業則無窓佯이라難自强이오欲事古文及詩則非徒才不逮라與亦漫矣로다欲看書則睡輒至호니欲睡則便有數十蠅이舐睫就擧호야不可得夢이라欲起而走호니雨且泥라尼不得出호야其勢ㅣ不可奈何호니亦不能自保其不狂且病也로다小奚ㅣ一歸自市門호야說所聞호니甚新이라曰奇哉오盛矣라吾ㅣ可以已吾閑이로다호고起호야弄筆作劇호니一篇에覺手稍開호고眼稍揩호야

容ᄒ야盛儀豊福으로一朝에　至尊이造命ᄒ시고辛祖이主婚ᄒ시와儼然이合爲賢
夫婦ᄒ야恩光喜氣一充溢門巷ᄒ니彼違約者一自絶이其亦天也로다蓋其所居坊名
은盤石이오里號ᄂᆞᆫ盤松이니佳兆一非偶然이라可卜其壽考福祿이滋茂鞏固ᄒ야如
石之盤과松之盤也云이러라臣德戀一曰自古人主之心이與天相通이豈非然哉아和
氣一致祥이導之在上ᄒᆞᄂᆞ니何哉오今我　主上이對越上天ᄒ샤幽者ᄂᆞᆫ晰之ᄒ고釋
者ᄂᆞᆫ跡之ᄒ야閼鬱湮滯ᄒ시니無物不遂라歷驗是歲春夏에民或望雨러니施以仁政
ᄒ신ᄃᆡ不待龍雲ᄒ고雨輒隨而下ᄒᆞ니라夫金甲之孀一始定에雨又沛然ᄒ야不移晷
刻ᄒ니天人之孚感이若是其捷也로다故로朝野一誦之曰至治之世라ᄒᆞ니蓋三代之
所以新天永命이不過曰導揚和氣而已라豈不休哉아

漢城判尹具鼎燮　字ᄂᆞ翼之오號ᄂᆞ龍湖니綾城人이라判中樞允鉉의子니　英祖辛巳에文科ᄒ야歷三司

西部令李承薰　字ᄂᆞ繼卿이니平昌人이라恭判東郁의子니進士로官至縣監ᄒᆞ니라

主簿尹瑩　字ᄂᆞ　南原人이라縣監東柱의子오新谷棨의玄孫이니官至監役ᄒᆞ니라　正祖丁酉에文科ᄒ야歷

戶判趙鼎鎭　字ᄂᆞ士受니豊壤人이라校理載鎭의子오判敦寧遠命의孫이니　正祖丁酉에文科ᄒ야歷

東廂記　六

我賀이라方　聖人이軫終始之恩ㅎ시와適兩家ㅣ成媒妁之約이라飭教鄭重ㅎ샤

期欲速而無遲오物朵光華ㅎ니〔禮秩嬉而克脩ㅎ고錢米布帛은地府憲局之委輸오〕

鏗鏘釵環은高門盛族之不是過라貧富ㅣ幻造化之頃ㅎ니今辰何辰이며寢寐ㅣ結

頌祝之忱ㅎ니千歲萬歲을시다永惟塵刹之報는只在室家之宜라民樂年豐ㅎ야共

登仁壽之域이오夫和婦順ㅎ니長圍修齊之治ㅎ오리다

宣惠廳堂上本李秉模ㅣ撰이라

日中에禧集이旣洗盥梳櫛에掠鬢刷鬚ㅎ고顧影習容ㅎ시著閃紗袍과與犀帶와烏幅

와躡靴ㅎ고坐白馬鍍金鞍ㅎ니肩辣背立ㅎ야色於莊ㅎ야不遊目ㅎ고徐徐而行ㅎ니〔申氏ㅣ靚粧ㅎ〕

罵夫는在前ㅎ고乳媼은在後ㅎ야青紅紗燈이對對前導ㅎ고京兆五部皂隷ㅣ左挾右

護ㅎ야魚魚雅雅如也러라及抵申氏之門에下馬奠雁ㅎ고〔人醮廂ㅎ니申氏ㅣ覘雜ㅎ〕

야具翠翹金釧齒步搖ㅎ고被百子齒簪綠紅衣ㅎ고遮而珠絡扇ㅎ야交拜ㅎ니催僅秩

秩然ㅎ야無差러라粧婆ㅣ引紅線종盃ㅎ야三酹之ㅎ고呢喃祝告語에夫婦ㅣ起入鋪

房ㅎ니라兩家隣里ㅣ相與歡詫曰金君은年益壯에操心이益堅固ㅎ고申氏은婉而雅

나 貧不聊生ᄒ니 何由萬事之俱備오릿가 唯重宸에 曲垂矜念ᄒ샤 俾兩臣으로 分

主婚姻이라 若自己子ᄒ니 要體字而育之義오 謂他人父ᄒ니 爲憐窮無依之身이로

소이다 盛德은 卽萬世罕聞이오 嘉耦ᄂ 爲百代異事라 把泰和之氣ᄒ야 導迎

休祥이오 牢筵에 飽需于之私ᄒ야 歌詠 聖德이라 幸逢是月ᄒ야 邦家ㅣ 膺萬年之

休ᄒ고 獲際明時ᄒ야 士女ㅣ 合二姓之好라 謹遵儷皮之禮ᄒ야 爰趁鳴鳳之朝ᄒ노

라

戶判趙鼎鎭이 製라

答婚書에

匹夫匹婦得其所ᄒ니 萬物이 遂情ᄒ고 鼓瑟鼓琴樂且和ᄒ니 二姓이 合好라 擬造化

力이오 愧父母名이로소이다 僕之女ᄂ 以蔀菲姿로 過標梅節ᄂ라 家計ㅣ 徒立四壁

ᄒ니 顚倒紫鳳之紋이오 筭齡이 更踰廿棐ᄒ니 晼晩乘龍之喜라 幸際周文之化ᄒ야

擬卜朱陳之緣이라 悶婚媾之不時ᄒ사遍 命洛陽令勸勵ᄒ시고 坐資粧之未具러

니 至煩京兆尹陳聞이라 和氣周於撃羊ᄒ니 孰非 君賜叫旭潮晏於喧雁ᄒ니 素嫌

東廂記

호샤曰如此奇事를可無佳傳이리오爾其筆記一通호야爲金申夫婦傳호야以奏호라

호시니라十二日鷄旣鳴에禧集이卷桃紅纈紗와雙文藍絲冬一端호야交纏未畢同心

絲호야納于綵函호고署葳蕤鎖호니裹紅襪裸호고四角에會績方勝호고上謹譝封호

야乃送于申氏之家호니其納幣之書에曰

昭代에沐二南之化호니匹夫匹婦오吉日에結百年之親호니宜家宜室이라伉儷는

莫非天定이오나造化는別是　君恩이로다僕之某親某는幼而孤貧호야居然老

大라幸逢外無曠之賊世호야縱有周媒氏掌婚호오나願此早失怙之窮人을誰憐陳

孺子未娶오릿가竊間令愛는長於寒素호고敎之婉柔라深閨에執絲枲之工호니已

自床前之補綻이오貧家에之糜窶之具호니尙遲門內之施聲이라狩我, 后ㅣ發政

施仁호시니而有司ㅣ承命勸嫁라　聖王이制爲嫁娶호시니欲有當先이오男女ㅣ

願爲室家호시니時不可失이라迨五部婚媾之告訖호야獨兩家子女之愆期라氷上昔

夢이不諧호니佳期ㅣ盖爾有待오目下奇緣이自在호니艮偶을何必他求리오曉曉

之年紀ㅣ與同호고踉寒之門戶ㅣ相敵이라　恩出詔命호니雖在兩美之必成이오

四

官資ᄒᆞ얏써니不料見棄ᄒᆞ와自期ᄅᆞᆯ至老自首에無所偶ᄒᆞ고竊又悲不能泰老母러니今承指敎ᄒᆞ오니非不慰謝而萬一彼或不從이면卽禧集의命數之嘵也로ᄂᆞ다瑩이見德彬ᄒᆞ고如承藹語ᄒᆞ니德彬이愀然曰爲人父母ᄒᆞ야使女子로晼晩親事ᄒᆞ야式于今ᄒᆞ고凡與人約이라가人先違我ᄒᆞ니夫誰之尤리오至荷 聖諭ㅣ鄭重ᄒᆞ샤優惠資裝ᄒᆞ시고諸公이良苦ᄒᆞ야躬行媒妁ᄒᆞ시니感激之極이實欲愧死로이다金君은名家子ᄂᆞᆫ敢不許以爲婚이리오是時에承藹과瑩이大悅ᄒᆞ야互相通報ᄒᆞ야承藹은卽使吏로傳庚帖于德彬ᄒᆞ고瑩은勸德彬ᄒᆞ야揀吉日ᄒᆞ니期在十二日이라遂申報于京府ᄒᆞᆫ듸府ㅣ聞于 上ᄒᆞ니 上이喜曰四夫四婦ㅣ爰得其所者ㅣ古來幾許而未有如金申에機會湊合이非常可喜ᄒᆞᆯ如此之奇也로다ᄒᆞ시고諭戶判趙鼎鎭과惠廳堂上李乘模ᄒᆞ샤曰兩家婚禮ᄅᆞᆯ托于兩卿ᄒᆞ니趙ᄂᆞᆫ視禧集을猶子也ᄒᆞ고李ᄂᆞᆫ視申氏ᄅᆞᆯ猶女也ᄒᆞ야亦各爲兩家ᄒᆞ야代撰婚書ᄒᆞ고凡厥絲幣冠履釵環과裝襦衾幱와敦盉鑑匜와酒醪餅餌와屛帳紋席과燔燭香孩와糚盒脂粉零項之屬과暨鞍馬徒御에以衛以儀之其已莫不畢給ᄒᆞ야乃所以信王言이게其悉心辨備ᄒᆞ라ᄒᆞ시고仍命內閣檢書臣德懋

一無慮百數十人이거늘唯西部二人이禮未克成호니烏在其導天和而諧物性호리오
事禮齊始오政期勉終이니其可勸德彬호야更定吉期호고禧集은遂求佳偶호야戶曹
와惡應으로各助賻호야되較前豐饒호야俾完好事호라호시니於是에西部令李承薰이
馳赴京兆호니主簿尹瑩이曰纔聞李家ㅣ背申氏호고已與他人婚矣라호더라호니承
薰이愕然曰今奉 上諭而申氏婚期를顧無所趣於前日之羮호니若是矛盾이면貴有
所歸라其將奈何오判尹以下ㅣ相視喤然이라承薰이曰下官이竊念禧集은鳳林相公
之後오申氏는吏曹判之裔니俱是華閥이오且其年이敵호고其貧이同호야所遇ㅣ
相類호디러況又同日에上塵 乙覽호니此는天所定也라盡與相通호야以成娩匹이
리잇고滿座ㅣ罄節호야僉曰幸甚이라不亦美乎아遂勸部令及主簿호야爲兩家
之媒호니於是에承薰은詣盤石坊禧集之家호고瑩은詣蟠松里德彬之家호니門俱旡
扉호고屋簷이歪歪호고椽露穿日호디畫影이過午토록廚煙이蕭瑟이러라賓主ㅣ席
地而語홀식承薰이宣 上所論호고仍言與申氏로約婚헐便宜호니禧集이俯首逡巡
이라가久而言曰禧集의所以未有室者는坐貧且孤也라何幸沈氏ㅣ許字호기로謹受

東廂記纂卷之首

金申夫婦傳

嘉林　白斗鏞　建七　纂

金禧集은慶州人이니縣監思重의庶孫이오申氏는平山人이니德彬의庶女也라禧集에年은二十八이오申氏에年은二十四니俱才且賢이나顧甚貧ㅎ야人이不與之婚嫁러니　上之十五年乙亥春二月에　上이憫士庶貧窶ㅎ야男女婚媾를或不以時ㅎ샤勅京兆五部로勸成ㅎ되期遠者는趣之ㅎ고官助需資를錢五百과布二端ㅎ야月輒以聞ㅎ라ㅎ시니時에禧集은與沈氏로約ㅎ고申氏는與李家로約ㅎ야雖業已受官資ㅎ나姑未之定期러니五月晦日에漢城府判尹具廒이奏ㅎ되五部之人이貧而娶婚期者를今蕰勸成ㅎ야소오나唯西部申德彬의女는縱有官資ㅎ야粧奩이辦具이오되忌六月ㅎ야期在孟秋이오며金禧集은始與之約者ㅣ謂以門戶不敵이라ㅎ야女로女焉이라ㅎ더이다六月初二日에　上이諭曰予念五部의多澴壤ㅎ야勸以

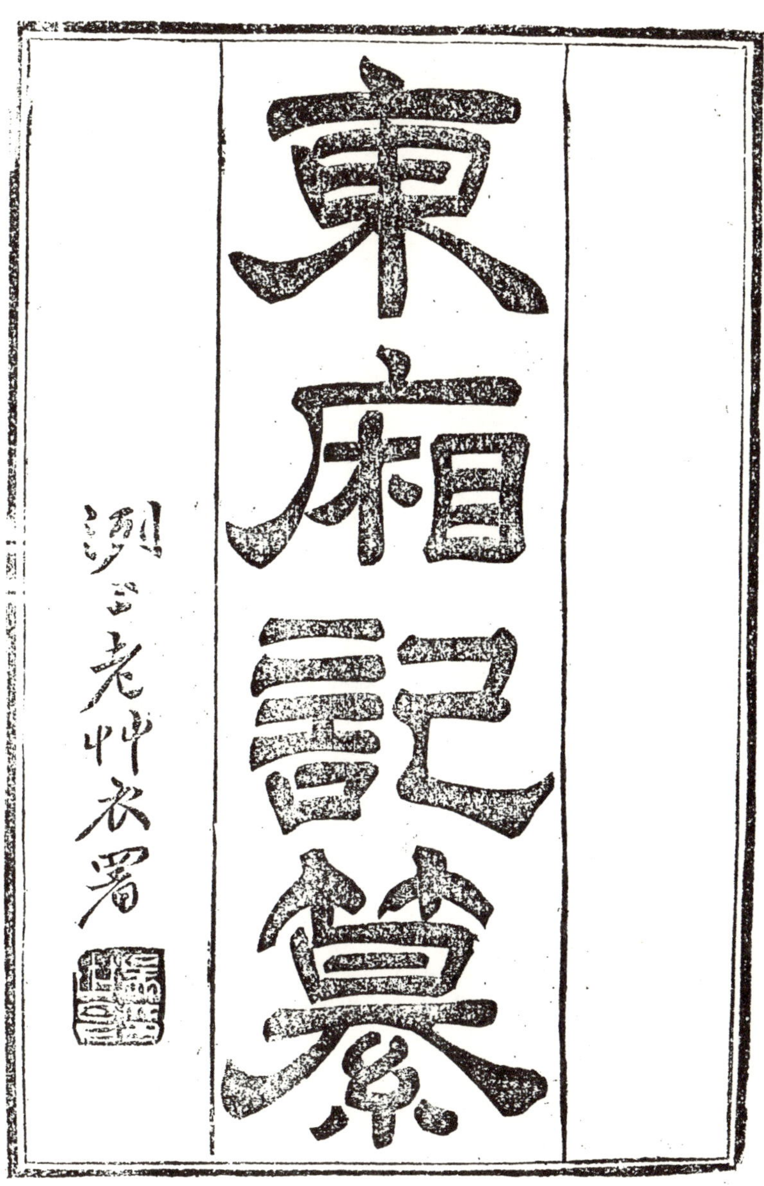

東廂記彙纂
瀏西老叟衣署

東廂記纂

한남서림본

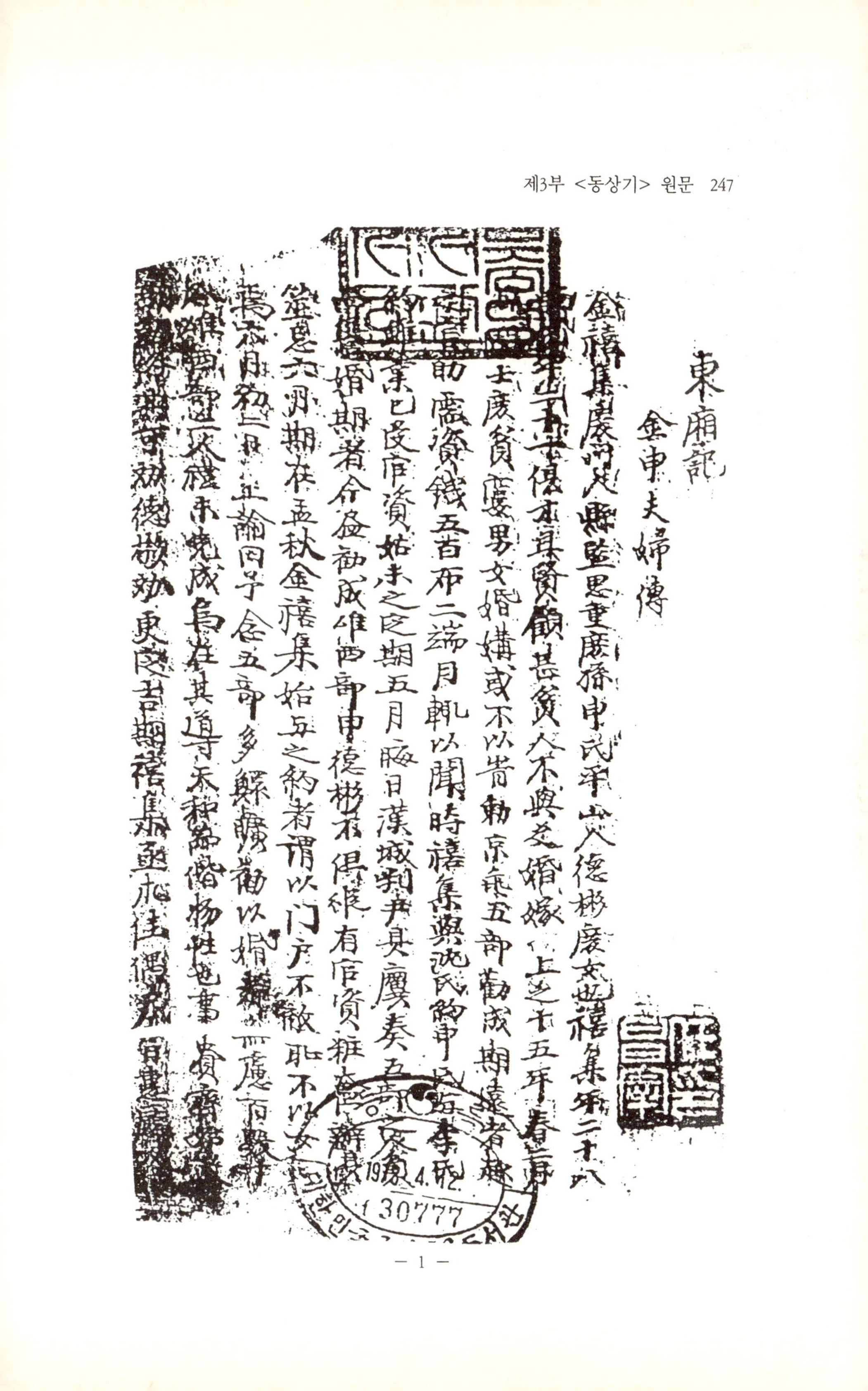

東床記

金申夫婦傳

前豐饒俾完好事若是西麴金承董馳赴京兆主簿尹陞

日後聞李氏省申氏巳與他人婚慌慌怅怅今奉　上諭西申

氏婚期顧無所趍前日之定若是矛盾責有一兩歸其將合何判男

以下相視瞳眹承董日下府應例命禧集慶林相公之後申氏更

壽泰判之商倶是華閥且其年敍其貧同兩遇相頖兄又當日

上塵已覽凡天所定曲盡相與頖以威姻正滿座撃節僉曰幸

甚不小美年庸遂劝部令及主簿為兩家之媒於是承董諧盟

石埸禧集之家螢詣蒲松里德林之家門倶先旅屋築垂玉樣

諭例言與申氏約婚便定禧集俯首遂巡久西言曰禧集所

以有未室者坐負且孤也何幸沈氏許字謹受府資不料見

弃身朝至老白首無所偶齒又坐不眩奉老母令承指教水不

罷離而萬一徙或不從卽禧集命裝之瞬也瑩見德
彬如承薰語德彬如承薰卽使府吏傳庚帖于德彬瑩勸德彬擇吉日遂申報于
京兆府以聞于上上喜曰此夫妃婦髮渴其所者古未嘗我許焉未
有如金申�◯會湊合本嘗可喜如此之奇也喩吩鎭吏斥邉上李
東模曰兩家婚禮托于兩鄕趙視禧集獨子也李婦視申民猶女
也所各爲兩家代擇婚書凡願綵幣冠褥釵環嫏嫱衾褥敦
孟盤巵酒飱餙餅帶幃屏帳絞席畫燭香孩裝奩脂粉
零璅之屬最馬徒衛以衛之具莫不畢給乃所以信王言
其走心辦備印令內閣檢書李德懋曰如此奇事世無佳傳

余甚筆記一通為金申夫婦傳以奏于月雞�“鳴禧”集春期

媼紗覷文藍術咨一顆端交纏朱瑶同志絲納于縣絑函者歲旅

鎖裳紅樸絲四角會結方勝上書遣封乃送于申氏之家族

納幣之書四

朕代沐三南之北延天匹婦吉月結百年之親窃家宜室伉儷

莫波天之造化別是君恩懌之某親其幼兩孤貧居堅表

大幸逢外兒疆之賊志錦有周媒民韋婚顧虬身夫怙之

鸞人誰惰陳孤子未聚兩閨令虔長於裹素教之婉柔

深閨執孫枭之工已自床甫之補德貧家之糠糜之其兩

運門內之施擊年倚我后族政施任而有司承命物家聖主

割為嫁戩政為當先男女願為室家時我可矢遠五等婿

婿之吉說獨兩家子女之怒期冰上昔夢不諧佳期立甬

有待月下奇緣自在良偶何必他求婉晚之年紀與同單塵

病戶相敵　恩出訴命雖在兩美之必成貧不聊生何由萬

事之俱備唯　重痕曲垂齡念俾兩宜分主婚姻若自巳如

子妻軆宇而育之我爲他人父爲情窮綵派之身盛德卿

萬巴罕聞奇耦爲百代異事爸盂捉泰和之氣導迎休

祥庥延飽靈之私歌詠聖德去年逢是刀邦家腐萬年之

休稷階明時士女合二姓之好諲導佩攵之軆髮趣鳴鴈

朝

　　戶曹判書趙鵬鎭緊

答婿書四

远夫匹掃得其所萬物遂情鼓瑟鼓琴樂且和二姓合好

擇造化力愧父母名儀之女以對羔姿過標梅節家訴德

立四聀顛倒紫鳳之彼弁齡更艅廿萬腕晚栗籠之囍

辛隱園文之北　擬下未陳之緣　惆婚不時　遍命洛陽令劝助資

粧束具全煩京兆尹陳國和氣周於擊掌執咏君賜烟朝晏

於鳴鳳素嫌我貧方　聖人軫終始之恩適兩家威媒姻之約

筋敕鄭重期欲速而無違物承先華禮孔嘉而克備錢未布

帛地府速局之爭未輪肇筆悅釵環高門盛族之不是過貧

庸撰造次之頌今服何辰寤寐結頌祝之忱千歲萬歲永

惟塵剎之報只在家室之宜民乐年豐共登仁壽之域夫和

婦順長聞修齊之治

日中禧集馬軏洗盥梳櫛掾繫刷鬢顧影習容觀著閃袍班

肇世常烏帽廉靴坐白馬鏤金鞍肩緤省直色絵性不將員綉

兩行馮夫往之而乳媼在後紅青紗灯對之前導京兆五郡邑隸

左擁右護魚雅如也及抵申氏之阿下馬奠馮八顛席申

氏親粧粉罪翹金鈿當步搖被百子蓋蒼緣縫衣遮面珠絡
顏交拜使禮畢無差粧姿引紅線卺杯三酳之呪喃祝告語
然後拜太鎮旁兩家隣里相安之歡詑曰金君年益壯操心益
堅固申固婚媾彌密容衛其福一朝奮遭遇尊命宰相主婚佃臨
命為賢夫婦恩花萬氣溢門巷從違約者自絕其亦天心盡其
所居坊名盤石里獅盤松佳風時偶然可卜其壽考福祿滋茂
鞏固如石之盤猶松之蟠也云臣德微而自古人臣之心與天相
通豈非偶然和氣致祥導之在上何於今我 主上對越上天
幽若者聽之機聞者蹤之閑而微澁濡無物不遂歷驗是歲春夏民
或淫雨施一致不待龍雲雨輒隨而下夫金中之播始定而又師
與不移暑天之孚感若是其捷也故朝野謂之曰至治之世蓋
三代以下所謂祈天永命不過曰導揚和氣而已豈不休哉

金申贈婚詫題辭

（以下手書草書、判讀困難）

云蒲梅花宅凝煙僊題

妍八東□廊誕
難□林
立自

癗措大南洞寫歎　　賭尚書西城主壻
老處女阰闕徹開　　好夫婦東床感恩

茨陽散人壽題

第一折

金忠爽明委迆蘇家客大嘗山中有髮僧賤生姓金名禧集

老去慶將塗氏白遇冠覓不遠簪儜相偶漏內上下皆以秀才時

稱伲因家計衡裂翠也似貧窮盡旬九食十年一冠正是樂貧的生

滙城底小屋蟹殼破麼乙俉談艱難靦龍泉果迻庵艱難

剛致早年僉學中年先業咔咊又尿鄭弟牙無德居憲今年二千春

歲周凡上所謂支家鄲於上壽元入生三十明悟乘明尚未免逍途

又稱南天閒成造的姜橋遣令長安，曰者鄭道令阿難是俺首事
思量來可憐也可笑，却可思笑却
賞花時金唱老上人間天下中露也，誰寂窮一間屋同房
窩住看里鄰外洞單隻漢條紅
鳴也筝，三年陳的馬皮現，烏乎籠祇乎籠處道令，事退最是
今月是那個月，眼現裡座花攢二絲莎提新葉尖，乾芭子
難耐
〔囹〕思紫燕雙棲西復東，粉蝶魍飛雌牙雄，忽見桃花紅，恩量種
搔頭忽春風
歡科○歎声若嘯而無音
〔囹〕三神帝釋指點俺出來，這時口也似介，眼也
似人會哭世，似人凡諸一應，俺身上懸束扮的侍物侍也似人，何曾
有辜件不及人，嵐用遺婚姻一事不及人，直到了九十三分六十圭截

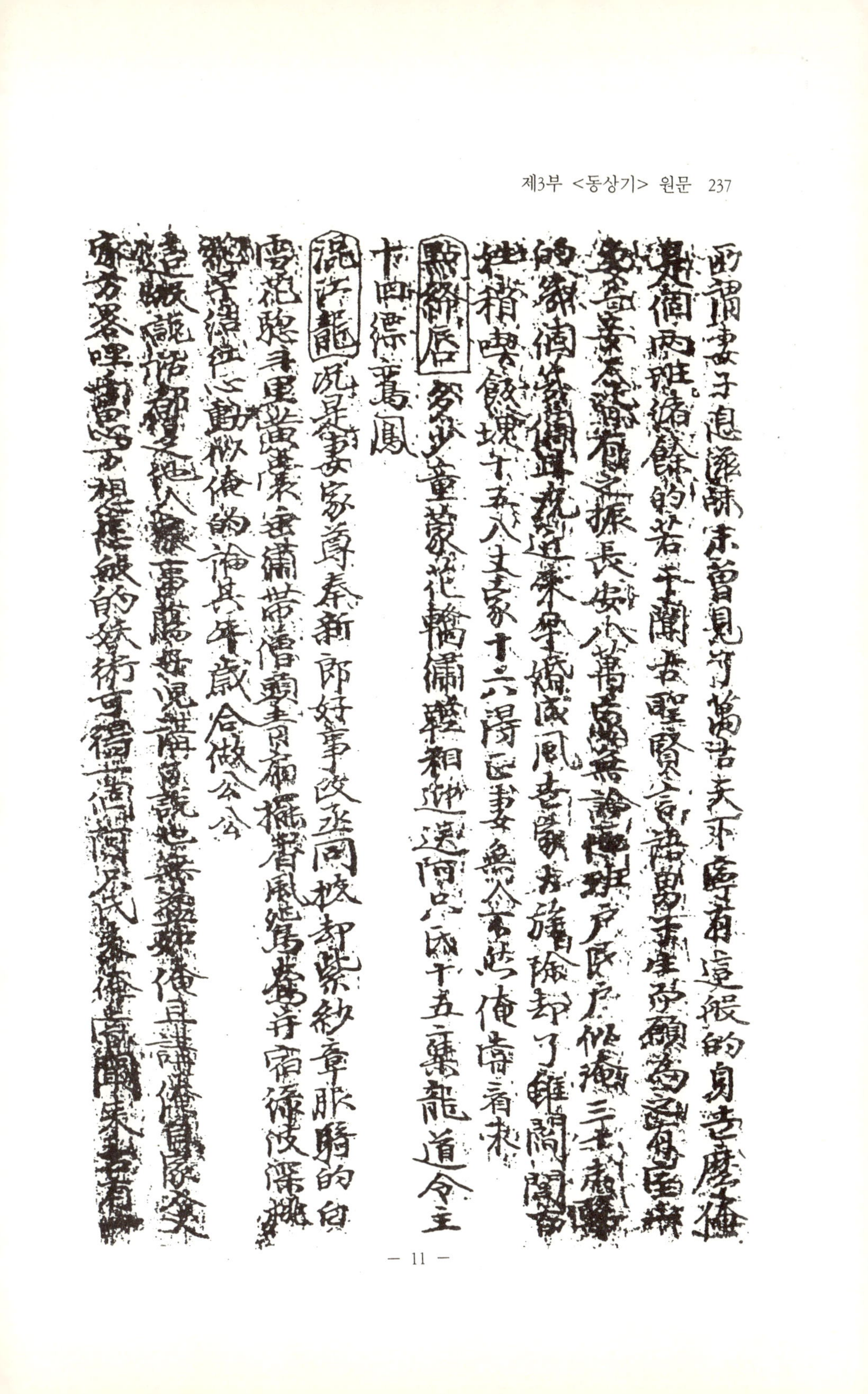

點絳唇

混江龍

個老道令俺的敗塲困洪卷了一個彌勒慈悲逃迎老道令現夢授了二宗真言能鬧了個物離了個物那道令因覷致遍困覷得入丈家隣的兩瑣首娘嫁女迎婚那道令見這閣氏又用了真言奪取做個小妾如俺得了那真言時离辜除了急先向那閣氏身上粘了俺也壹不好歷春此間返一個彙驗的彌勒箇此前中媒亦多曾做的一個席漢年紀極多要中媒之通婚往說道新即更無可論家世賣了張良年紀恰滿十八正是好個新即那丈人做的醜得大悦完定婚姻既數日那中媒復来說道仔細探來這新即年紀不是十八是三十四更不嫌貌怎麼新婦信也做鍾閣支楝及了真鵰是個恰滿八十的老常漢那夫人的如何不憤大喝罵中媒道備這碟報的兒子乱枝木毒為女自漢呵如何花言騙了俺慶媒呵、的大咲道俺何曾一毫差了半点兒備道慶甚髮些騙你的張良是個五吉相幕向兩道家世賣了張良道是父祖来常漢十世

八二十也四是個八十你眼見廖你耳聾廖耳孔裡釘了鐵馬怎麼

邪丈人錐是扣痛是個還退不得的哭威亦復奈何俺如有這般中媒為

俺效忠貴俺跪地錐不及弘文校理莫翰林吏書佐郎家世豈不貴為

過五世常襲俺年歲錐此阿八新郎若軟他九二八十六一的老漢常

还是個新生的道令主俺山妄不是真個好新即村木麼

軟科揮○ 這常漢想是個富者了如俺一盏兒沒土如有甚中媒看甚

上德為了俺這力廖這橫甲飛罹旅磨鍊瓷器匠士毀計凩拷

奈何呀

金菊香 半成逞甲白頭翁君子好逑㥁未逢何等妻店這樣遠

心大焦胸長歡息又庄風

粉蝶兒 環顧家中吟簫團誰另伴勞趣甲衣誰与裁縫役向相

恖病忘情危重若撞他月下仙翁扯斷他紅線打他青腫

俺也在這裡漢出城，老長首座，俺也不是泄義，洞知事，今領這是甚
椿馬時遇了一座芭，多年未知從凡去又耐了幾年，諾行訪見了西
橛編還知那裡任的大功德，阿口民孫脫做了要俺配匹者綠事
洞息世示頓絕了凡不可做的情景麼噤工看了下看了四面八分看了那
兩裡有朝八補的史女与俺做一個恩集事的妻庭叫柴開水有餘
宓看是誰出門，瞼湘呀原來洞內任掌到了你甚麼事呵俺麼住
掌金通令好速持目巳姓名起毋黃塵銷与小的麼金其曲折任住
子付互如俺與素洞的洞內任掌做個生鱸按酒者金休了無常護
了甘結內老道今有若無的物件置子他沒用处一成丹後都嗣
威世甚緣故任漢懷兩甘結內五喬巴答洞老道今成丹報狀後身庇
永世助婚不多日內完了婚姻者好世的好世的令道丈家去了時

節不可不償了俺好酒一盃哩作名帖收去斜金噓近來愛兆頓好婆

會而有起那裡住的好鵲向俺也啼了可上果然今日啀噇好酒息

嫩口好聽別付遠如夢今朝也吹了何風便同四程單子送巳是春

正鈒朝廠安做豈有做不得的理今蕃俺也丁寧得入丈康不知

您樣新聞口吳氏陳淂俺的葯也素了且待上處今哩下

第二折

蓺老之乾坤帝之日月國有風雲慶家無桂玉愁小人無中部南

部東部西部北部五哥青負的便是月前漢城府揎揮肉敎

奉聖旨助揎次五部內老新聞老處女各別搜所閭坊之各

無六人遺漏成丹報來者小金即時領布各洞各該洞中往尊眼

同搜問後尊位兩班當報來部當部修己冊子粘連報來漢城

團尹大監都合計數其部某坊某契某幾戶老道合姓某

名其年甲幾何承籍某鄉幾處女某氏父某
上幾百幾十人入啓後　朝家上慶窮搜可合處催促過揾
自戶曹新即每名布幾匹錢兩歲女無負布家匹錢幾兩婚
扶助者這是我　聖朝無前盛德事近來我國盛德事不知其
數罟之大綱說來向來條凶都城中許多乞兒的兒子們蒀一泝存
咇時節萬一泝朝家趂力賑恤道百姓活哭也無路凡亦盛德事向來北道連年條
嘔曲則新賑恤怎得一個女生活麼凡亦盛德事向來北道連年條
子鼠含鼠尾暮葦簌陸續兒流衆萬一泝鍾閣殿座時徐
糧下送一歀那個女追得了庄還故土麼凡亦國德事于上年六月分以後
荆漢兩司外方八道眾人的竄配徒流秩笞狀收贖秩一齊兒自放了
凡亦國德事丙丁戊已庚辛于今十六年田稅夏布萬減不知爲

幾百萬兩亦盛德事凡事也彼事也盛德事不一足至於今番老道令老處女助婚一欵九是盛德事中國德事係是較自重束人間男事雖別中獨宿座房最可惡方春花時州木犀生岩也滿藤蝴蝶況綱常金鬻兒賣之這時莭婦尾恆竟心事亂著無處必痛兒沒了揹向上太息下太息底一声太息真令人消了肝膈便身感傷和氣的大椿事今賴　朝家德令老道令丈家去了老處女媼家去了長安大道上新即行次犬樣起走遠這亦盛德事中盛還個盛德事麼

【錦上花】夫婦因緣天上來揵天水又天今君是已惡牽合隨人婚姻如流水今日今女嫁男婚　朝家呵視民如子若非朝家處分渠們直到了彭祖同甲庚白孫揺白了寶難見了本家味小上這世則上德凡間世上婚姻下的下品遇了兩不下百餘金剩

呑了這個们婚姻嫁他之
多未成模樣大似這不解言語聽也尔厭
覓于纏市草行過權湾禮以
一張禮帖函三幅未單被閣氏未紅裳借了鄰里鳳夫藍袍
錐是亲条兩彔白地四拜名以婚姻這是好了事伊門滋味便媒不
若三千兩婚姻麼這說話陈都了好了不好了是媒每們好了不關
俺奉行的好了俺每們職多內事這個成日裡道今處女已畫嬌
姻麼你將那成四來牙俺考准者顧骨上打了一個里墨覷兒的是
已婚姻未庚點的是遺在的到今未臜的幾個麼小作瞧丹料
其凥某契老道今其於其月某日其処夫家去了其坊某契老
処女某氏於某月吴日其処腥家去了求辛已屈收毅了呀有一個
了大你看他為誰尚今未婚了小南大門外里門洞居金禧集年

二十八這個那裡去了尚今未達慶處也真憂患也大這是萬

科舉試落榜亂子庚戌年大豐年乞兒的八字

【寫熟】方今高突伊座得新娘子佳山兒係化阿丫氏麼這神

企辰上世去時屋兒亦昇鷄兒亦去混兒家沒枚羽化老峯兒悟自陸

地可惜八字徐雖名禧集原來未保喜

俺趕得了這個月前有好個婚姓在廣州地判尹大監報通了

京舊監營好事也絲來乎瘕了那知冬至曉豆粥出了東大門鷄

姊況有骨間言風入那廣州兩班忽受了腹臍監當使通亦

無奈伊遠分明是這道那令哩小俺平生切痛的是那婚姻間言

的一個閒言的向歸婚姻家去了中路濤沒了大水到了死境歡追道

嘘之不祥某婚姻今也則成了這是甚心腸麼大開談且真了更

網之考明者小作婚丹呀科又一個有了大是誰新門外居平尉洞裙

処女甯氏年二十四嵗父母雙亡徳彬是個未受聘娶大是也果也這是

唔扇湏最心卷心飯饌假家一角中門三閒州屋居住南肯謄

也艱難

後冬月明當裡人媳冷秋花妧春去離稱美一最香悟今人脹死

不閒可知春死了個躭室花老了高能子処女老了奈伸甫

世上樞難區事有三無形勢的虎班祀八仕無䀹真的先

彀前試艱難的処女婿姻這三件事中貧処女婿姻大難曹前

一個老処女僥倖得了婚姻処四柱單子來了擇日從單子去了婚

姻日子看迍了即処女不耐歡喜猶是腰兩在十分還任不得

向人說道奈是任無路走了一厨閒哼了大見晴記道天阿俺

日去了想象那大如何係淂只打喬佯品飲那処女悶々又道大阿

俺若蕭說你時俺也是你的女息了人情到這晴崖泳至樂所在

蓋此個處女那個再明月得去想原了這等新郎這等處女備嵩

婦無奈伊直等到自家運通婚処自生亦得了嬌俺們且休尋

下

第三折

吏上十日攤頭坐一日過十難小人每戶庸書吏直趐庁書吏便

是朝廷怒付內老道令金禧集老處女申氏終無一曾合処女

在云老爺跑老處女許多令仲唯卬二人如卬者事不偶然亦為朝

家桩集天偏施厚恩卬亦樂每門八字而閭東処女金新郎係

処多伊作夫婦從遠來行其婚凡百惠戶戶書振伊們備給一依更

厚堂上戶書制書親子女威婚例看賣主婚事書堂上無阢

橋趙判書大監主了女婚使成新郎的親阿爸一般婚書荅婚書

絕雷位大監巳將四六濾文罞真了新郎四樣單子往來擇吉次那婚

姻的是本朝歷十二月今已是　僑西園婚喜星火措備俾業

及者

[應孩兒] 幾番往淚佳春眼總角裳亦應温盡天婆盛真海

級恩這婚姻已定佳辰呵纔衣蘇爸貧窮秩後日呵新郎新

婦好事合父母休攏葉更厅白木慶支青銅這婚喜多論錢

八幾西布八歲區只後迎極品好件措備是莫冰朝家國德兩

停大監奉行甲餙區事俺每們怎飯一麗兒歇后為先把那八

長眼檢者新郎兩驕馬梨花似的白毫馬青月刀銀葉添唐轟

粧別抄金果去番新伺馬蒼一攞行青孫灯撬各工頭訓練

都區白木大遞目各一浮一借御營厅一借禁衛皆八張付白役地

衣谷一浮行步席長興工庫牧丹屏風濟用監林甲滿用監給大燭

堂二千書高延床儀工監看高支司僕寺香坐位尚衣院生

順京折監共笑芝蓉香内局清遠香大红燭心红焰红羅眼滿
西文核黄物塵物件只是新婦所乘金頂轎子咮是借用底物孝
袍方席真鳳席交拝席各倩門及本廳借遠行下龍頭刻的
徍橋朴生員氏兩有的尖賞次五煞样雁時易蹉跌跨馬時易
陸隘红焆下更詳慎生兰前孔雀屏開夜兮外美兰荃帳裡春傳
看終難認是仙是鬼是學是真呀嗟一欵侍喈幾兮兮總兮本
書本一口漢成府五部書吏書員使令通大房一有進去次且把新
即那看的縣檢者草笠皂是不必了細〻凉臺布的
青道袍白苧布中去赤莫白苧布小昌衣生綿袖汗衫漢布假
草綠腰帯豆綠大段斗裡裹子朱黃唐絲蝶振流襁結句
苧複褌子細布裡衣軍褌子細作白木新襪子白苧布筒行纏草
絲唐絲細条帯單倭緺廿赤戌瑁貫子紫芝唐絲緊兒青褁

塊地鹿皮復色唐鞋一齊兒渾備有患個鼠皮脫褌衰的念廬

座複紗角兒烏細帽紫芝色紗冠帶黑鹿皮好靴子冠帶內拱

紫芝昌衣三甚僧頭青低瘦極盡了極盡了

四然 家貧眼自貧衣新人亦新原來這個風神後看道袍形容矯妙

如先輩祅圍帶服色輝煌似重區一口晚難畫說這夫人母曰張似

咸毻倒看墮廿

新節衣脈且盆了把這新婦一襲打点為白苧布角岐赤

釘腰帶白苧布四幅褌子細絡布鮒魚褌子真紅滴似複裙子藍方

細油單裙子青苧布帚着裙子上衣三句帥綠色松花色寶羅色

甲紗熟絹廣月紗布物紫芝色三懷粳五合無竹伊三合蘇竹伊細

白水襪子綠質紅眼錦唐鞋娘子髻次六鎮月天簇頭里銀竹舊俗

筷奸事生前一番死後好事一番真個生來初好事去豆微紅長簑

像繡鳳膝眼裙子真珠扇子這咱手母買物

三□ 萬燕四靈其善得文婦舞脈飾不撯貝塗頂錦繡与花稛可知句

屋三間室初有紅羅九幅裙村姬来休問一兒卽虜八字一兒麻脈盧

新郎奠雁時新婦行時下林合用的篒孃歷歷照美備瘕

香童子差備一瘕冀落羹備一瘕紅師美備一瘕納来時用的奠

雁時仍用了新婦羅時香下林一瘕藍裳衣紫的赤古里鏡始下林瘕

篒鉏下林為一對俱兒孩下林三儈枙玉色赤古里藍裳函下林瘕

承裳上同幣帛下林一双禮供草綠三儈枙赤古里藍裳

下林兒孩一双䌽頭里草綠唐衣紅裳道土落唐其乳母手母

房直亦物預為待令且把這新房兩人愈撽者新一畵花鳥寢屋

花汝席燈每方纟紬草綠西念綉花紬真紅領子玉綉紬紫芝

萬衣多紅綾的花席裙圍面繡鳳新郎枕方面繡鳳新婦枙

男願汝安歸江男搖貼安搖貼廣褌布五尺手巾一條露筒裙
凸木果染洒金媚書西金剪凸毛假狀粉江綿油外褌盜後
褌紫芝褓黃染籠榻床倭朱紅三僧鏡拾倭西籠黑鏡拾而擲
斯羅金匣鏡鈴大鈕鈴飯床新房所八亦自不小
口畫桃來初欵我腦門被來猶欵我布褌飯來欵我西椀醬
俗風靈所今日初相見金匣鏡果是平生而未聞君頂認這應
先逗池亡界又臥者面裡神仙
凡事幾岅僭當了逗宴集一欵氣不可尊之壽悌壽總紛
星火格來使個辦備吉熱餅別絕味權母白唐糕松餅郊桶
酸稻油蜜果紅微子中白桂茶食兩色荄花魚饅頭魚菜
枸醬軟雞儒臾膽肉煎肉花菓調飯伊猪肉白肉雜湯
植果林檎柳杏紫桃生梨生栗大名真寔西苽這一般都賣熟

手進桃呀編八蓮不可不揷這便是使道逼床蝦蟆規太皇一般

一盞平生飲食旣知粥旣飯赤晉一匙腹先滿羊肚黃藥新卽神

二酩紅係爭娶橋碩飯休延慶這大皇況生養難再焉

今則木石俱備那欠者唯上棟又兩欠者唯日子不備安排姻婿需待孃

者常說道處女的福餘降果此這慶女若是卓婚去了怎得了

這般好事麼遠是天生八字合有晚春的福又是朝家威真吉

尾 前宵春雨中百花齊得徑流向人間川降谷充滿重 覃

令宛湘正夫正婦皆得這般異毅了壯的こ

大小東江梅梢有逄

第四折

三生平小娶此三年大旱逢甘兩千里池鄉見故人花燭洞房舞月

夜燥年金杨性元辰遠首詩是個克人四喜詩間造西附萬念

今生會合處就其中洞房花燭夜尤有滋味至於先道令從花燭便

是人間天下極樂的老景近圍金道令因朝家慶分得入了老豪

俺俱是們相親的這婚姻与他婚姻自別且有四百年流來古氣

可不一次住看且賀且打者作到門科金道令呀嗟金書也房在家廢

金文來科見科大你的事沒有那般音特事金莫水　天恩感祝

舞地哩大盛德事盛德事桃之夭之灼其華之子其歸宜其室

家真個今同盛真事二德角卝分突而卝方你的樣子今日也

魚變成龍三俺們今日見了太守魚得了還上你籬得四百年流

來的古鳳麼金大笑科大俺們三人中俺也朱坣上俺當弄葵問目取

招你下後家直招者執杖的為誰麼依法二大唱喏科奪帝你應

舖金前科耶遍事是你之兩儅手麼速將儅的手來納者金住不得

也納足科二肩帶背立科三小樂呀你將洗蹓砧子來納者哭棒押

梅科三打科是個長靈的是鐵也落鹽了金咬呀⌒扎了甚罵打

這重扒大呋科你的是你真個不知磨你夫家去前一日你先送了甚

物件磨金婚書紙條假凡凡送了夊是甚物件甚拍仲送了金匾

送了大匾那是市上賣来的是自己家中ˉ造作的如何搬輸送了金

自戶曹倫送的雁夫的負去了大就是戶曹當送的趄是別⌒

調造的老道令亞乙想是望了負去的應也倫了你去夫家

時路上受一個觀光的磨有甚磨說話的磨金夫的少的沙羅

海夊便內視光的頗多說話的闹也夫好還些ˉ新査

打科金咬呀ˉ直拍了将ˉ大道上獎從後起夫齊声叫

罵道新書房ˉ將他新阿玉氏昨日所興的賣的餘価遠価

了又一髮们乱手措揶揄道遍也呢着也呢這新卵髮顺声残

坐生了年紀洽満十五歲妙了ˉ這外真實没有闹的大笑科

你騎馬到了妻家時馬的頭先入廄你的頭先入金馬的頭先入等众大
笑科大你真從下馬時到了合宮時一通仔細招將來金冠了、包了禮重打
分、包了大你全身旦都　朝家真分你又坐心会了介真
者三打科金吹哟、俺騎了馬到了妻家真鳳了以退再拜
少卧州遮日屏風真鳳厅拜鞲窮與俺的一再拜致精誠低頭又拜
了我朝廷
轉八于同庠宴手母將他新婦再拜了
【後】固知今夜可許護不耐多情下轉晴視難這俺將何歸福力
伏侍了這般娘那手母便勢俺行为若拜俺雖、默是個京新郎
那裡瞞得過畢竟又行了新婦再拜俺始答了再持分兩邊跪
坐手母解了红絲勸飲了三盃合歡酒
【鵲踏枝】一飲了遞斟一再飲了公卿這三次来盃這只旦三個添了

若教徐言先誕姿芥盃春長醉不醒

到了新房行了相會禮仍作當日新婦裡因了俺好喫了夕

飯好睡了乞乞解心大徐合巹節次生心這闘暑麼速細招

將味俺夕飯後今新房紅燭兒輝煌錦衾兒燦爛香烟兒蒻

蘭無何新婦亦到了

調笑今是花枝依風行星雲擁青天明月昇是天仙娥對粧

鏡里觀音菩薩顯神靈我攏頭細看面分不坐原來俄間拜

我娘

辭他紅裙梳他銀釵剃他裡好腰了大笑不言科

大志道令行事不問可知且徐婚姻是個別判付朝廷賜送的婚

姻与他凡常揚上慶女的賊漢然有分撥華為安徐閒你行則財多

未多他甫目沒措辭醒程是地相焉徐遠準備酒肴美至者三解

帶旅下科金起坐科大辱之小娾呀你去酒家賣園了幾盃燒酒好
個按酒未者要進酒老科大飲酒科二飲科三飲科金醉科起舁
科金唱科
天下樂今日少屋酒一餚誠心祝醉主之恩終身不可忘花之現在
海深高江日長顧東國醒人篤壽森疆魚乙民古　烏乙民古
太平令　元子宮小信家一般醒上天賜福元疆享壽福康寧眾
四重星輝海潤祝千歲月升月恒從虱去万年炎年熙飞姐爛花
好景
低乙民古羅　烏乙之民古羅下眾筅場是下
一泊金蝶簇繡双鴛　御賜紅羅三百尺　紅羅俗巾花君恩
一泊馬金鞍耀里門
二春風吹不到貧家　一夜東君宣兩露　兩枝碧石樹脫桃花

東廟記

국립중앙도서관본

聖人萬壽无疆

魚乙氏古囉低乙氏古囉

【太平令】元子官小官家一般　二聖上天降福無

疆享壽富康寧歌四重星輝海潤祝千歲日升月恒

從此去萬世太平熙熙如烟花好景

低乙氏古囉烏乙氏古囉眾遠場走下

泥金簇蝶繡雙鴛　　白馬銀鞍耀里門

御賜紅羅三百尺　　紅羅縷縷揔君恩

春風吹不到貧家　　寂寞鶯啼半老查

一夜東風宣雨露　　兩枝紅碧晚桃花

觧他紅裩褪他綠衣抽他銀釵剝他裡衣好好睡了 天
笑不言科（大）老都令行事不問可知且爾的婚姻是個
別判付 朝家賜送的婚姻與他非常拐處女的賊漢
煞有分揀姑爲安徐聞爾今則多米多錢與他前日没
貓弼的生涯天地相隔爾速准備酒殽來者（三）擲砧子
科（二）解帶放下科（金）起坐科大辱大辱小癸呀爾去酒
家買了幾盞燒酒好個按酒來者（英）進酒殽科（大）飲科
（三）飲科（三）飲科（金）醉科（眾）醉科起舞科（金）唱科
天下樂 今日小臣酒一觴誠心祝我 王我 王恩
終身不可忘地茫茫碧君海深天高高紅日長願東國

【鵲踏枝】一飲了遐齡、再飲了公卿、這三次來杯另是三個添了、若教爾言無詆妄、並杯吞、長醉不醒

到了新房、行了相孝禮、新婦仍作當日新婦禮回了俺好、喫了夕飯、好睡了、乞解了乞解了大爾合宮節次、生心這般瀾略麼、速速細細招將來金、俺夕飯後入了新房、紅燭兒輝煌、衾兒燦爛、香烟兒蓊蔚、無何新婦亦到了、

【調笑令】是花枝倚風行、是雲捲青天明月、弗是天上仙娥對粧鏡、是觀音菩薩顯神靈、我攬頭細看面分不生、原來俺間拜我娘

是、朝家德分爾又生心乞人德分麽重抆者 ⓚ三打科

ⓚ金 哎呀哎呀俺騎了馬到了妻家奠雁了小退再拜

ⓚ小梁州 遮日屏風奠雁廳拜鞠躬興俺的再拜致精

誠低頭另拜了我 朝廷

轉入了同牢宴前母將郍新婦再拜了

ⓚ後 因知今夜可詳訂不耐多情乍轉睛魂難定俺將

何禍力伏侍了這般娘

郍首母傻勸俺行了答拜俺雖然是個京新郎郍裡塔

畢竟新婦又行了再拜俺始答了拜分兩遍跪坐了若

母解了紅絲勸飲了三杯合歡酒

走家時路上沒一個觀光的麼有甚麼說話的麼〔金老〕

的少的似羅海如平萊觀光的頗多說話的未聞了〔大〕

奸惡也重打了〔三打科〕〔金〕嗳呀哎呀直招了直招了道

上孩兒們從後趕來叫罵道新書房新書房將他新岳

氏喫的頭的餅價還了又一影們舉手指揶揄道著也

呢著也呢這新郎影須髯每兒幾乎生了年紀恰當十五歲

妙了妙了這外真實沒有開的〔大笑科〕〔金〕爾騎馬到了妻

家時馬的頭先入麼爾的頭先入麼〔金〕馬的頭先入了

〔眾〕大笑科〔大〕爾直從下馬時到了合宮時一通仔細招

將來〔金〕死了死了乞了德分乞了德分〔大〕爾的全身都

麼依法（三）大唱喏科奪帶作套鋪金前科那邊手是爾
的昕憎手麼速將憎的手來納者（金）作不得已納足科
（二）宥帶背立科（三）小奚呀爾將洗踏砧子來納者奚捧
砧子科（三）打科是個長鑽的足鐵也落盡了（金）咬呀哎
呀犯了甚罪打這重杖（大笑科）爾的罪爾真個不知麼
丈家去前一日爾先送了甚物件麼（金）婚書紙綵緞只
此送了（大）又是甚物件麼（金）函乙送了（大）那函乙是市
上買來的是自己家中造作的如何樣輸送了（金）自己
曹備送的雁父的負去了（大）既是戶曹備來的想是甚
別造老都令函乙想是重不負去的應也懶了爾去了

界近間金都令因了　朝家處分得入了丈家俺們俱

是親的這婚姻與他婚姻自別且有四百年流來古

風不可不一次往看且賀且打著作到門科金都令呀

嗟金書房在家麼金出來相見科大爾的事沒有郵般

奇特的事金莫派　天恩感祝無地大盛德事盛德事

桃之夭夭灼灼其華之子于歸宜其室家真個真個今

日盛德事二總角卝芳突而弁芳爾之樣子今日也魚

愛戒龍三俺們今日見了太守得了還上爾解得四百

年流來的古風麼金笑科大俺們三人中俺也是今日

堂上俺當發問目取招一一從實直招者執杖的為誰

若是早婚去了怎得了這是天生八字合

有、晚來的福又是　朝家盛德古今無比匹夫皆

得、這般異數了壯的壯的

〔妝尾〕前宵春雨中百花齊得綻流向人間川澤皆充

滿量　君恩大小東海猶有這畔

○○○第四折

三生率小哭〔上〕三年大旱逢甘雨千里他鄉見故人無

月洞房花燭後少年金榜掛名辰　這首詩是個古人四

喜詩這四件事儘是人心會心處就其中洞房花燭心

尢句滋味至於老都令花燭便是人間天下極樂的世

白雪餻松餅卵麵酸麵油蜜果紅散子中朴桂

茶食藝花魚饅頭魚菜狗醬軟雞臁魚膾肉膾煎肉花

花樣煎猪肉白肉襪湯楂果林檎流杏丹杏紫桃生梨

生栗大棗眞瓜西果這一般都青熟手進排呀繡八蓮

不可不插這優是使道盤床蝦蟆兒大卓一般

[一盞]平生飲食只知粥與飯未曾一箸腹先滿半升

黃栗新卽袖三酌紅綃首母樽頓喫休遮慶這般大

卓。此生每難

今則木石俱備所欠者上樑文所欠者惟日子未備安

排婚需待了者常說道處子老的福餘滓果然這處女

紅女溺缸男梳貼女梳貼廣細布五尺手巾飛露筒椋齒木黑樏灑金婚書函金剪紙毛緞袱粉紅綿紬內外袱日紋袱紫的袱黃樏籠衾梳床倭朱紅三層鏡臺倭畫龍器鏡臺所入俄羅斯金匣鏡鍮大鉇飯床新房所入亦自不小

〔二煞〕椵來初疑我腦門被來猶疑我布裩飯來西山桃牧丹屛豈非今日初相見金匣鏡果是平生所未聞君須認這應是瑤池世界又或者畫裡乾坤凡事幾皆停當了這宴集一欵亦不可草草奉常寺手幾名星火招來使個辦備者薰餅散餅引絶味權母

休間一則非常。一則無限。　天思

新郎奠雁時新婦新行時媛任兒媛任合用的幾雙麼

羅照差備一雙香童子差備一雙芙蓉香差備一雙紅

燭差備一雙納采時用的奠雁時仍用了新行時香高

支次知函次知鏡臺食鈿次知幣帛次知各一雙另又

二雙合十二雙媛任兒媛任綠衣紅裳媛任生綿紬赤

衫藍裙子乳母首母房直等物預爲待令且把這新房

所入點檢者彩畫花鳥寢屏風滿花文席好登每方絲

紬草綠兩衾禾花紬真紅領子土綿紬紫的薦衣多紅

後的花布褥圓面繡鳳新郎枕方面繡鳳新婦枕男溺

赤衫瓊光紬雙針腰帶白苧布四幅襦子細細布鮒魚

褌子真紅縐紗襁裙子藍方紗紬單裙子青苧布常著

裙子上衣三勺單綠色松花色寶羅色甲紗熟綃廣月

紗等物紫的色三繪粧五合舞足細白木帕

子綠質紅眼錦唐鞋娘子鬒次六鎮月衣簇頭里銀竹

節俗談生前好事一番死後好事一番真個生來初好

事於余未繡鳳章服金縢兒裙子真珠扇子這個首母

進排

〔三〕鷰鳥無羽翻不得文婦無服飾不掩身終須錦繡

與花粉可知白屋三間室初有紅羅九幅裙村嫗來

蝶樣流蘇白苧布複裈子細布裡衣單裈子細作白木

新襪子白苧布筒行纏草綠唐絲細條帶單縷網巾玼

珺圈子唐絲緊兒青黍皮六分地麂皮縵色唐鞋一齊

兒准備有甚偏入鼠皮脫褲衣的念慮麼複紗角兒鳥

紗帽紫的色紗冠帶一品秩犀角帶黑鹿皮好靴子冠

帶內供紫紬氅衣三臺僧頭青色扇極盡了極盡了

〔四煞〕家貧服旬貧衣新人亦新原來這個風神俊著

道袍形容端妙如先輩被冠帶服色輝煌似重臣一

口兒難盡宜丈人丈母倒着䐈巾

新郎衣服且配了把這新婦一襲點檢者白苧布角歧

門及本曹本廳借送行下新婦乘的金頂兒八人轎子

没了處借送自本廳世貫出來

〔五盤〕拜雁時易跌倒跨馬時易隊墜損心紅燭下要詳

慎生前孔雀屛間夜分外芙蓉帳裡春細細看終難

認是仙是鬼是夢是眞

咦嗟侍陪一欵幾乎忌了本曹本廳漢城府五部書吏

書員使令們通大房一齊進去次且把郁新卽服着點

檢者草笠已是不少了細細涼臺布笠兒銀色兒苧布

青道祀白苧布中赤莫白苧布小氅衣生綿紬汗衫心

赤衫漢布緞草綵腰帶豆綠大緞斗里裏子朱黃唐絲

木度。支青緒。

遠婚需分較論錢入幾兩布入幾定只從他極品妖件

措備方是個　朝家德意兩位大監中飭底本意俺每

們怎敢一毫兒歇後為先把那外具點檢者新卸騎的

梨花似的白逸馬青青月乃銀葉絲唐鞍裝有紋青紗

爛籠二雙白木遮日各一浮八張付白綾地衣各一浮

青遍飾行步席真彩畫大屏風大爛其臺高足床香童子

香高支香座兒芙蓉香清遠香盡龍燭心紅燭羅照紅

質青綠三幅床中滿花方席滿花壽福交拜席滿花紋

奠雁席塑雁龍頭刻的函支機諸般兒細細物件各銜

夫婦從速過婚其婚需凡百惠廳戶曹援例備給一依
惠廳堂上戶曹判書親子女成婚例着實主婚事本曹
判書趙判書大監主了男婚本廳堂上李判書大監主
了女婚優成新郎新婦的親阿爸一般婚書紙答婚書
紙兩位大監已將四六文製這了新郎四柱單子往來
擇了郎婚姻的日子是個本六月十三日今已只隔兩
宅婚需星火措備俾無未及者
〔要孩兒〕幾番紅淚注春恨總角衣亦應濕盡天般成
德海般恩這婚姻已定佳辰前日呀無衣無食貧窮
秩後日呀新婦新郎好事人原父母休搔髮與惠廳白

爾時俺也是爾的女息了人情到這時豈非至樂所在

麼此個処女郵個再明日去得嫂家了這等新郎處女

當部亦無可奈何漢城府亦無可奈何直等到自家運

過婚處自生方得婚了俺們且休者并下

○○○第三折

〔更〕上、十、日、灘頭坐、二、日、過、十、灘小人每戶曹書更惠廳

書更優是　朝家分付內老都令金喜集處女申氏終

無可令婚處尚今留在云老新郎處女許多人中惟此

二人如此者事不偶然非爲　朝家於渠二人偏施厚

恩此亦渠每們八字所關申處女金新郎依處分仍作

㊀後　冬月明雪裏人嫌冷秋花妍春去誰稱美一叢香

愁令人脈死不問可知蟲老了猶能花室老了尚能子

處女老了奈何爾

世上極難底事有三無形勢的虎班初入仕無器具的

先輩監試覷難的處女婚姻這三件事中貧處女婚姻

尤難曾前一個老處女僥倖得了婚處女四柱來了擇日

去了婚姻日子看看迫了郎處女不耐喜歡猶是軆面

阤在十分忍住不得向人說道奈忍住無路走了厠間

呼了犬兒暗暗詫道犬呀俺也再明去了媤家郎犬

何採得只扛了一番呵嚏郎處女悶悶又道俺若謊說

監轉通了京畿監營好事兒九分疑了娜知冬至甘豆
粥兒生了東大門雞卵兒有骨間言風入娜廣州兩班
出了肚臍監營使道亦無奈何這分明是娜都令哩（小）
儉平生絕痛的是娜婚姻間言的一個間言的向娜婚
姻家去了中路湮沒了大水到了死境嘆息道噓噓不
祥某家的婚姻今則成了這是甚心膓麼（大）閒談且置
了要細細玫准者（小）作繪冊料呀又一箇有了（大）是誰
（小）新門外鈴平尉洞居申氏年二十四父幼學德彬是
個未打點狀（大）是也是也這是小鈴平洞最小巷小小
飯饌假家一所中門三間斗屋居住的可憐也艱難

中某處媼家去了幾乎已盡妝殺了呀有一個了(大甬)

看他爲誰尙今未婚了(小)南大門外里門洞居金喜集

年二十八這個郵里去了尙今未遷去麼爲憂惠也憂惠

也(大)這是萬科初試落榜擧子庚戌年大豐乙兒的八

字

(鴛鴦鵞)方今高突伊盡得新娘子佳餚兒並化阿只

氏譬這神仙天上也去時屋兒亦昇雜兒亦去狼兒

亦至混家兒沒數化羽老鼠獨自墜地可憐八字罔

雖以喜爲名原來是未集喜

俺想得了這個日前有好個婚處在了廣州地判尹六

（後）一張禮狀函三幅木單被閤氏紅裳借了隣里一領

父藍袍貰了壓市草草過行權停禮以

雖是赤赤條兩身白白地四拜名以婚姻這便是好了

事伊間滋味何遽不若三千兩婚姻麼這說話除却了

好了不好了是渠每們好了不關俺奉行的好了俺每

們職分內事這個成冊裏都令處女已盡婚姻麼未盡

婚姻麼爾將郁成冊來與俺致准者頭骨上扛了一個

墨點兒的是個已婚的未受點的是個遺在的到今未

點的幾個麼（小）作瞅丹科某坊某契老都令某於某月

某日某處丈家去了某坊某契老處女某氏於某月某

老處女去了娞家長安大道、上新郎行次犬樣亂走、這

豈非 盛德事中第一個 盛德事麼、

（錦上花）爾莫道夫婦因緣天生點指天外又天人君

是已徬牽合隨人婚姻流水今日分女嫁男婚 朝

家呵視民如子

若非這 朝家處分渠們直到了彭祖同甲曺白綹樣

白了實難見了犬家的哄（小）上德也則上德凡間世上

婚姻下的下品過了尚不下百餘金剎吞了這個們

姻只將他戶曹所費布正錢兩怎得經紀了麼想來多

不成模樣的（大）似這不解事的言語聽也亦厭

府外方八道罪人竄配秩咎杖收贖秩一齊兒白放了
此亦　盛德事丙丁戊己庚辛于今十六年田稅蕩減
遏上蕩貢布蕩減不知爲幾百萬財此亦　盛德事
此事也彼事也　盛德事不一而足至於今番老都令
老處女助婚一欵尤是　盛德事中　盛德事兩試較
量來人間離別萬事中獨宿空房尤可悲方春和時草
木群生花開也滿發虎蝶兒翩翩金鶯兒栗栗這時節
興奇乙恒奇乙心事直着无處悲痛兒沒了指向上太
息下太息這一聲兒太息直令人消了肝腸便是感傷
和氣的一大椿事今賴　朝家德分老都令去了丈家

兩處女每負布幾疋錢幾兩婚姻扶助者這是我聖

朝無前　盛德事近來我　國家盛德事不知其數略

略大綱說來向年懍凶都城中許多乞兒的兒子們萬

一罪字懍典則新倉賑恤怎得一箇女息生活麼此亦

盛德事向來北道連年懍凶時節萬一罪　朝家極

力賑恤北道百姓活出也無路此亦　盛德事上上年

平安道漢子空一道上來時一邊手牽了犬頭一邊手

挈了妻子鄉鼠啣了鄉鼠尾慕華館路陸續兒流來萬

一罪鐘閣　殿座時給粮食下送一款鄉個女息得了

生還故土麼此亦　盛德事上年六月分以後刑漢城

吏　上堯之日月舜之乾坤國有風雲慶家無桂玉愁小
人每中部南部東部西部北部五部書員的傻是月前
漢城府指揮内敬奉　聖旨助婚次五部内老新卽老
處女各別搜旀開坊坊谷谷無一人遺漏成冊報來者
小人每卽時須布各洞各該洞中任任掌眼同搜開後
尊位兩班報狀當部當部修正冊子粘報漢城府
判尹大監都合計數某部某坊某契弟幾統弟幾戶老
都令姓某名某年幾何本某鄉老處女某氏父某年幾
何籍某鄉己上幾百幾十八入入　啓後　朝家處分内
搜覓可合處催促過婚自戶曹新卽每名布幾正錢幾

官家助婚並令不多日內完了婚姻者妳也的

都令丈家去了時節不可不饋了俺妳酒一盞哩（作受

名帖去科金嘘近來夢兆頗妳今日食前不知

躴裏來的妳黷向俺也嘯了可可果然今日內聽得了好消息

「端正好」聽分付還如夢今朝也吹了何風優同四柱

單兒送已是春心動

朝家要做豈有做不得底理今番俺也丁寧得入丈家

不知怎樣新阿只氏除得俺的祫也來了且待 朝宗

處分哩下

○○第二折

嘆科揮不知那裏住的大功德阿只氏你既要做了俺
配匹者緣何事消息也亦傾絶做了此不可做的情景
麼咪上看了下看了四面八方周看了那里有病人八
朔的生女與俺做了個齈漢子妻的麼呀柴門外有人
來索者是誰出門瞧科呀原來洞內任掌到了兩甚麼
事叫俺麼（任）掌金都令火速將自己的姓名本貫年歲
錄與小的哩（金）甚曲折（任）官家甘結內老都令有若無
的物件置了他没用處待了成卅後一一割出付了如
俺的做個生贍安酒者（金）休了面弄這真實是個甚緣
故（任）漢城府甘結內部內各洞老都令成冊報狀後旬

琵中媒看甚上德窩了俺宣力麼這終是恁又兒稅未

磨鍊盜器場師歎此將奈何呵

（金菊香半成幻甲白頭翁君子好逑猶未逢何箏妻

宮這樣由心火焦骨長太息又生風

（粉蝶兒瓌顥家中冷蒲團誰與伴夢魂中衣誰與裁

縫沒何方相思病症危重若撞著月下仙翁扯斷他

紅絲打他青腫俺也不是北漢山城老尢首座俺也

不是壯義洞知事令翁

這是怎攆心字麼耐過了亦已多年未知從此去又耐

了幾年苦行方見了西洋世界麼

成禮是個恰滿八十的老常漢那丈人的如何不憤大
喝罵中媒道你這碟殺的兒子亂杖木毒的女息漢呀
如何做花言騙了俺麼那中媒呵呵笑道俺何曾一言
騙你麼張良是個五世相韓十也八二十也四是個八
十兩聽時節耳孔裏釘了繫馬椿麼那丈人雖也絕痛
是個還退不得的與成亦復奈何俺如有這般中媒為
俺效忠時俺也坐地雖不及孫文校理更曹佐即百勝
了常漢俺年歲雖那阿只新即較了他八十的漢直是
個新生的都令主俺豈不是真個好即材麼
嘆科王輝這常漢想是個富者了如俺一盞兒没出處有

授了二字兒真言能附了個物郎都令因此
致富了因此得入丈家了鄰居的長者百姓嫁女迎婿
郎都令見這閻氏甚美又用了真言奪取做個小妾如
俺得了郎真言特除了萬事急先向郎閻氏身上粘了
俺也豈不好麼奈此間彌勒没一個靈驗的何前世中
媽亦多善做的一個常漢年紀極多要中媽之通婚姻
郎中媒徃說道新郎更無可論家世賽了張良年紀恰
滿十八正是妳箇新郎郎丈人做的聽得大說完定
無疑數日後郎中媽更說道細探來新郎兒不是十八、
是二十四爾不嫌晚麼新婦家信他做鍾閻支棟及了

【點絳唇】多少童蒙花轎繡鞋相迎送阿只氏十五乘

龍都令主下四漂鷺鷗

【混江龍】況是妻家尊奉新卽好事政承同披却紫紗

章服騎的白雪花驄斗里黃囊亞綾帶僧頭青扇攏

香風鷲鶩並宿綠波沒桃花早結紅心甄似俺的論

其年歲合做公公

這般說話都是他人家事腸子兒瘋了說也無益如俺

且講俺自家的入丈家的方略哩千思萬想怎般妖術

可得一個阿只氏來俺嘗聞來古有一位老都令俺的

般窮困供養了一個彌勒彌勒慈悲他老都令現夢

歡科揮三神帝韓點指俺出送來時口也似人眼也似
入鼻也似人凡諸一應俺身上懸來的物件件也似
人未曾有不及人處只遠婚姻一款不及人直到了九
十三分六十半折所謂妻子息的滋味未曾見了萬古
天下寧有這般的身世麼俺是簡兩班緖餘若干聞古
聖賢言語男子生而願爲之有室一妻一妾人皆有之
長安城八萬家無論他班戶民戶似俺三十未娶的幾
個幾個且況近來早婚成風世家大族除却了雖閭閻
百姓稍喫飯塊便十五入丈家十六得正妻無人不似
俺當看來

所謂文家難於上青天入生三十明日再明尚未免都
令的稱這是南大門成造的姜林都令呵長安日者鄭
都令呀雖是俺自己事思量來可憐也可笑也
（賞花時）金唱世上人間天下中窮也窮寒誰最窮一
間星阿房宮寄住著里門小洞單隻漢條條紅
今月是郁菌月眼花裏空花擾擾綠莎堤新葉尖尖亂
笆子喝也錚錚三年陳的馬皮兒身乎龍秖乎龍老都
令心事最是難耐
（後煞）雙棲西復東粉蝶嬲飛雌與雄忽見桃花紅
思量種種搔頭怨春風

金申夫婦　賜婚記

正目　窮揩大南洞竊歎　諸尚書西城主婚
　　　老處女北關徹聞　好夫婦東床感恩

○第一折

（金）上大明天地無家客太白山中有髮僧賤生姓金名
喜集家世慶州金氏白邊冠晃不遠簪纓相傳洞內上
下皆以金秀才呼稱但因家計倒裂也貧窮三旬九食
十年一冠正是樂貧的生涯城底小屋蟹殼般也窄窄
俗談艱難醜龍泉果然俺艱難咋致早歲失學中年無
業非文非武無才無德居然今年二十有八歲因此上

凡填詞一日讐言校一日謄錄一日所消殆三日時閒是三
日無雨無暑無蠅在余所得亦已多矣幸有看官勿問
事之或詖勿問文之為何體亦勿問作者之為誰其而
只消閒為用則亦可為半餉之眈云爾梅花癡儂題

婚記題辭

忙固不可耐閑亦不可耐今若焉一人於室使目無見

耳無聞口無道手足無所役蹀者不啻勤者三日是故

寧耐三年癢難為一日閒閒固余之所病人皆然予戕

否歲辛亥六月炎而霖人不堪其苦欲治舉業則無憩

伴難能強欲事古文及詩則非徒才不逮興亦淺矣欲

春蓍蝀輒至欲睡優有數十蜒舐醮爬搔不可得欲起

而走兩且泥尼不使出其勢將不可余何亦不能自保

其不狂且病也小奚歸自市說所聞甚新曰奇矣歲年

吾呵以已吾閼起弄筆作戲劇一篇覺手稍開眼稍

疏之間覆涵濡無物不遂歷驗是歲春夏民或望雨施
以仁政則不待龍雲雨輒隨下夫金中之壙始定而雨
又霈然不移晷天人之孚感若是其捷也故朝野誦之
曰至治之世蓋三代之祈天永命亦不過曰導揚和氣
而已嗚呼休哉

門下馬奠雁入醮席申氏艶粧具翠翹金鈿步搖被百

子齒皓紅綠衣遮珠絡扇交拜僮僮秩然無差粧婆引

紅線臺杯三酹之呢嘲祝吉語夫婦起入鋪房兩家隣

里相與之歡詫曰金君年益壯操心愈貞固申氏婉而

雖容儀豐福一朝　　至尊造命宰相主婚姻儼然合為

賢夫婦　恩光喜氣溢門巷彼違約者非徒自絕其亦

天也蓋其昨居坊名盤石里號蟠松佳兆非偶然可卜

其壽考福祿滋茂鞏固如石之盤也如松之蟠也云爾

李德懋曰自古云人主之心與天相通豈非然哉和

致祥道之在上何哉今　上對越上天幽者晰之顯者

恩適兩家戒媒妁之約　飾敦鄭重期欲速而無違物

承光華禮孔嘉而極備　錢米布帛地部惠囤之爭來

輸聲帨釵環高門盛族之不足過　貧富摸造次之頃

今辰何辰糖辣結頌祝之忱千歲萬歲　永惟塵露之

報抵在室家之宜　民樂年豐共登仁壽之域夫和婦

順長聞修齊之治

日中喜集既盥梳掠髮顧形習容觀着閃紗祀斑

犀帶烏帽麞韡坐白馬鏤金鞍肩背辣直色袴莊不遊

目徐徐而行雁夫在前乳婦在後紅青紗燈對對前導

京兆五部背吏皂隸左掫右護雅雅如也及抵甲氏之

事‧ 擧杯讓泰和之氣導迎休祥牢籩餡需雲之私

歌詠聖德‧‧ 幸逢是月 邪家膺萬年之休獲際

明時士女合二姓之好‧ 謹導儷皮之禮羐越鳴雁之

朝‧ 答婚書曰 匹夫匹婦得其所萬物遂情鼓瑟鼓

琴樂且和二姓合好‧ 撼造化力愧父母名‧ 僕之女

以尌菲姿過摽梅節 家事徒餘四壁顛倒紫鳳之紋、

笄齡更逾七箕晼晚乘龍之喜 幸際周文之化、擬卜

陳朱之緣‧ 憫婚媾之不時遍 命洛陽令勸助坐客

裝衣之未具至煩京兆尹陳開‧ 和氣周於繫羊觥非

君德旭朝晏於噦雁素嫌我貧‧ 方 聖人軫終始之

長於寒素教之婉柔　深閨執絲臬之功已自床前之
補綻貧家乏粧奩之具尚選門內之施鑾　猗我后
爕政施仁而有司承　命勸嫁　聖主制為嫁娶政所
當先男女願有室家時不可失　迨五部婚媾之告訖
獨兩家子女之愆期　氷上之昔夢不諧佳期蓋爾有
待月下之奇緣自在良耦何必他求　晼晚之年紀與
同單寒之門戶相對　恩出造命雖使兩美之必成貧
不聊生何由萬事之皆備　惟　重宸曲垂矜憐俾兩
臣分主婚姻　若自己兒要體字以育之義謂他人父
為憐窮無依之身　盛渥即一世罕存奇耦為百代異

粉脂零瑣之屬鞍馬徒隸以衛以儀之具莫不畢給廼

聊以信王言其悉心辦備仍　命內閣檢書李德懋曰

如此奇事可無佳傳爾其筆記一通為金申夫婦傳以

壽十二日曉鷄鳴喜集卷桃紅絳紗雙文藍絹各一　端

緶朱碧同心結納于縣幽著歲粧鎖紅襆襆四角會結

方勝書謹封送于申氏其婚書曰　昭代沐二南之化

匹夫匹婦吉日結百年之親宜家宜室　伉儷莫非天

定造化別是　君恩　僕之某親某幼而孤貧居

老大　幸逢外無曠之　盛世縱有周媒氏之掌婚

顧此早失怙之窮人誰憐陳孺子之未娶　竊聞令愛

入約人先違我夫誰之尤至荷　聖諭鄭重優惠資裝
諸公良苦躬行媒妁感激之極實欲愧死無地金君名
家子敢不許以爲婚於是承薰澄大悅互相通報承薰
即使府吏傳庚帖于德彬棟日良吉在於十二日遂中
報于府府聞于　上上喜曰匹夫匹婦爰得其所者古
來幾許而未有如金申夫婦機會巧湊非常可喜若此
之奇也　諭戶曹判書趙鼎鎮惠應堂上李秉模曰兩
家婚托于兩卿趙卿視喜集猶子也李卿視申氏猶女
也亦各爲兩家代撰婚書几厥絲幣冠履釵環裳襦衾
褥敦盂盤匜酒膠餅餌茶幞屏障紋席畫燭香孩粧奩

乙覽此天所定也盡相與通以成匹配滿座擊手節念

曰幸甚不亦美乎虜遂勸部令主簿爲兩家之媒於是

承薰詣盤石坊喜集之家瀅詣蟠松里德彬家家俱門

無亦屋簷垂垂檼露而指空日過午廚烟蕭瑟賓主席

地而語承薰宣　上諭仍言與申氏約婚僬宜喜集術

首遂巡良久而言曰喜集所以未有室者坐貧而孤也

何幸沈氏許字謹受官資不料見棄自期至老白首無

所耦竊又悲不能奉老母今承指敎非不慰謝然萬一

彼或不從即喜集命數之畸也瀅見德彬如承薰言德

彬愀然曰爲人父母使女子晩晩親事式至于今且與

女女焉六月初二日　上諭曰予念五部多鰥曠勸而
婚者無慮百數十人惟西部二人禮未克成為在其導
天和而諧物性也事貴齊始政期勉終其可勸德彬要
定吉期喜集亞求佳耦戶曹惠廳須各助贈較前豐饒
俾完好事扵是西部令李承薰馳迬京兆府主簿尹瀅
曰繞聞李氏背申氏已與他人婚矣承薰愕然曰今奉
上諭而申氏婚期顧無所趣扵前日之奏若是予盾
責有所歸其將奈何判尹以下相視瞠然承薰曰下官
竊念喜集慶林相公之後申氏吏曹条判之裔俱是華
閥且其年敵其貧同其所遇適相類况又同日名姓塵

金申夫婦傳

金喜集慶州人縣監思重庶孫申氏士人德彬庶女也
喜集年二十八申氏年二十一俱才且賢顧其貧人不
與之婚嫁　上之十五年春二月　上憫士庶貧寠男
女婚媾或不得以時　教京兆五部勸成期遠者趣之
官助資裝錢五百布二端月輒以聞時喜集與沈氏約
申氏與李氏約雛業已受官資姑未之婚也五月晦日
漢城府判尹具稟奏五部之人貪而婚愆期者今盡勸
戒惟西部申德彬不但縱有官資亦難辦具筮忌六月
期在孟秋金喜集始與之約者諉以門戶不敵耻不以

東廂奇書

한국정신문화연구원 소장

東 廂 記

2005년 12월 20일 1판 1쇄 초판 인쇄
2005년 12월 30일 1판 1쇄 초판 발행

지은이● 여 세 주
펴낸이● 한 봉 숙
펴낸곳● 푸른사상사

등록 제2-2876호(1999.8.7)
서울시 중구 을지로3가 296-10 장양B/D 701호
대표전화 02) 2268-8706(7) 팩시밀리 02) 2268-8708
메일 prun21c@yahoo.co.kr / prun21c@hanmail.net
홈페이지 //www.prun21c.com

ⓒ 2005, 여세주
값 20,000원
ISBN 89-5640-408-9-93800

*저자와의 합의에 의해 인지 생략함.
* 푸른사상에서는 항상 양서보급을 위해 보력하겠습니다

東廂記